L'ÉCOLE

DE

LA MÉDISANCE,

COMÉDIE EN QUATRE ACTES,

IMITÉE DE L'ANGLOIS DE SHÉRIDAN

PAR P. N. FAMIN;

Représentée, pour la première fois, à Paris, le 22 juin 1807.

Hold the mirror up to nature
And shew the vice its own image.

Que le miroir au vice
Par vous soit présenté ;
Qu'il s'y voie et rougisse
De sa difformité.

A PARIS,

CHEZ ANTOINE-AUGUSTIN RENOUARD,

RUE SAINT-ANDRÉ-DES-ARCS, n° 55.

M. DCCC VII.

PERSONNAGES:

RICHARD, oncle de SOPHIE, et tuteur des deux freres SURFACE.

CAROLINE, son épouse.

SOPHIE, nièce de RICHARD.

OLIVIER SURFACE.

JOSEPH SURFACE, } neveux d'OLIVIER.
CHARLES SURFACE, }

ROWLEY, ami de RICHARD et d'OLIVIER.

ARABELLE, veuve.

BIBIANE, vieille fille.

BANNAL, auteur de nouvelles périodiques.

ANDRÉ, laquais de JOSEPH SURFACE.

La scène est dans un salon commun, chez les deux frères Surface. On y voit un cabaret, des tasses, un paravent, et autres meubles de salon. Vers la fin du deuxième acte, la scène change momentanément, et l'on voit une galerie remplie de tableaux de famille.

L'ÉCOLE

DE

LA MÉDISANCE.

ACTE PREMIER.

SCÈNE PREMIÈRE.

ARABELLE, JOSEPH, BANNAL.

ARABELLE.

Vous dites donc, mon cher Bannal, que ces paragraphes sont insérés dans la feuille d'aujourd'hui.

BANNAL.

Oui, Madame, et je souhaite qu'ils produisent l'effet que vous en attendez ; mais, je vous avouerai franchement , que vous me faites courir des risques qui effraient mon intrépidité ordinaire.

JOSEPH.

Fi donc, Monsieur ! Pour un homme de votre état, c'est être bien pusillanime.

BANNAL.

Pusillanime, soit ; mais Richard, votre tuteur, et

Charles Surface, votre frère, ne sont point d'humeur
à plaisanter ; et s'ils viennent à découvrir que ces
paragraphes sont de moi, je crains fort que le pauvre
écrivain ne soit la victime de sa complaisance.

JOSEPH.

Cette complaisance, en tous cas, ne vous a pas été
infructueuse. Mais vos craintes me paraissent mal
fondées ; ne m'avez-vous pas dit que vous aviez contre-
fait votre écriture ?

BANNAL.

Oui, comme dans cette fausse promesse de mariage
que je vous ai encore livrée ce matin.

ARABELLE.

A cet égard, vous pouvez être tranquille, elle ne
sortira pas de mes mains ; je ne veux que la faire voir à
Sophie, nièce de Richard ; et cet engagement supposé
entre le jeune Charles et moi, suffira sans autre explication pour la déterminer à ne jamais le revoir.

BANNAL, à *Arabelle.*

Mais à quoi bon, je vous prie, toute cette complica-
tion de faussetés ? Comment ! voici deux jeunes gens
d'un caractère entièrement opposé. Joseph Surface, ici
présent, sage philosophe, économe prudent, et le plus
zélé de vos adorateurs ; son frère, Charles, au contraire,
prodigue, étourdi, volage et l'amant aimé de la jeune
Sophie. Rien, ce me semble, ne seroit plus facile à
arranger ; que Joseph vous épouse, que Charles soit uni
à Sophie ; tout le monde seroit content. Point du tout,
vous ne vous décidez point pour celui-ci, et ne négligez
rien pour troubler la bonne intelligence des deux autres.
En vérité, tout ceci est une énigne pour moi.

JOSEPH.

Il est aisé de vous en donner le mot; sachez donc que cette grande liaison qui subsiste entre Arabelle et moi n'a d'autre motif que notre commun intérêt. Ce n'est pas sa main que je recherche; c'est celle de Sophie, l'amante de mon frère.

ARABELLE.

Et c'est ce même frère, ce jeune étourdi, ce prodigue dont j'ai fait choix pour mettre fin à mon ennuyeux veuvage.

BANNAL.

Fort bien; et c'est pour cela que vous le décriez si fort dans la feuille d'aujourd'hui.

ARABELLE.

Certainement. Ses créanciers alarmés vont se réunir et le poursuivre à toute outrance. Sophie, de son côté, ne voudra plus le voir, ni entendre parler de lui. Richard, son tuteur, à qui nous faisons accroire que Sophie n'est qu'un prétexte qui cache les vues de Charles sur Caroline, son épouse, lui interdira l'entrée de sa maison. Alors, Joseph y sera reçu à bras ouverts, tandis que Charles, outré de dépit, poursuivi par ses créanciers, rebuté par Sophie, sans appui, sans ressource, sera trop heureux de trouver dans ma personne et dans mes biens un asile assuré contre son naufrage total.

BANNAL.

Juste ciel! quelle batterie formidable ce jeune homme va avoir à essuyer! Cependant, il reste une petite difficulté; Caroline n'est pas du complot: je sais qu'elle favorise les vues de Charles sur sa nièce.

JOSEPH.

Oh! quant à elle, j'en fais mon affaire; Caroline est

une jeune villageoise sans expérience, que mon tuteur a fait la folie d'épouser; mais elle ne l'aime point, et, entre nous, je présume qu'elle a quelque bonne volonté pour moi : la pauvre innocente me croit épris de ses charmes, et ignore entièrement mes prétentions sur Sophie; je lui en ferai part en temps et lieu, quand je l'aurai mise dans l'impossibilité d'avoir d'autres volontés que les miennes. Êtes-vous au fait maintenant?

BANNAL.

Oui, très au fait. (*à part.*) Le scélérat!

JOSEPH.

Aujourd'hui, elle vient déjeûner ici avec Sophie : Bibiane sera des nôtres, et j'espère qu'elle nous sera d'un grand secours dans la ligue que nous avons formée.

BANNAL.

Ah, je vous en réponds! Bibiane seule seroit capable de brouiller deux nations. A ma connoissance, elle a fait rompre six mariages, déshériter trois enfants, évader quatre jeunes filles de la maison paternelle, occasionné neuf séparations, sans compter une foule de procès qui lui doivent leur origine. Sans contredit, il y a peu de femmes qui puissent lui être comparées, pour savoir conduire et faire réussir une intrigue.

ARABELLE.

Cela peut être; mais en général, les moyens qu'elle emploie sont trop communs.

BANNAL,

Que voulez-vous, Madame, il n'est pas donné à tout le monde d'avoir ce rafinement de langage, ces demi-mots, ces signes éloquents, ces sourires énergiques que vous seule savez placer si à propos,

ARABELLE.

Cet art, si c'en est un, je l'ai bien appris à mes dépens. Victime moi-même de la médisance dans ma première jeunesse, j'aime à me donner aujourd'hui le plaisir de la vengeance, et à réduire ainsi, quand je le puis, toute réputation au niveau de la mienne. Mais, je crois que voici nos convives.

SCÈNE II.

JOSEPH, ARABELLE, BANNAL, CAROLINE, ANDRÉ, SOPHIE, BIBIANE.

JOSEPH.

MESDAMES, soyez les bienvenues.

CAROLINE.

Savez-vous bien, mon cher Joseph, que ma démarche est un peu légère; venir ainsi déjeûner chez un garçon! Il est vrai que j'en ai prévenu mon mari, qui a été le premier à m'y engager. Ah! c'est qu'il vous aime, qu'il vous estime plus que personne au monde. Et que diriez-vous donc de cette petite fille qui faisoit des façons pour m'accompagner?

SOPHIE.

Ah! ma tante, vous savez bien que par-tout où vous êtes....

JOSEPH.

Je vous en ai, Madame, une double obligation. Eh! comment se porte l'indulgente Bibiane? Toujours fraîche, vermeille, comme si elle n'avoit que quinze ans.

BIBIANE.

Vous plaisantez sans doute; mais croyez que cette

fraîcheur est bien naturelle. Ce n'est pas comme celle de Mylady Rosamonde, qui n'a pas l'esprit de voir que la couleur dont elle peint son visage, contrastant trop avec celle de son col, on la prendroit volontiers pour une de ces-statues raccommodées dont la tête est moderne, et le reste du corps de la plus haute antiquité.

JOSEPH.

A merveille. Mais je ne m'apperçois pas que ces dames sont debout. (*Bannal et lui approchent des siéges.*) Puisque vous faites si bien les portraits, que direz-vous donc de la figure de mistriss Gravemine? (*il dit cela en s'asseyant.*)

BIBIANE.

Oh ! pour celle-là , c'est une collection complette de toutes les beautés de l'univers ; elle a des yeux à la chinoise , un nez africain, un teint d'Egypte , une taille à la turque; de sorte que l'ensemble de toute sa personne ne ressemble pas mal à ces tables d'hôte qu'on voit à Spa , où il n'y a pas deux convives de la même nation. (*tout le monde rit excepté Sophie.*)

ARABELLE.

A propos, M. Bannal, avez-vous lu les nouvelles du jour ?

BANNAL.

Non; mais je crois les avoir sur moi, et si la compagnie le desire, je lui en ferai la lecture.

JOSEPH.

A la bonne heure, mais ce sera pendant le déjeûner. André.

ANDRÉ.

Monsieur !

JOSEPH.

Approchez cette table et servez-nous. Mesdames, ayez la bonté de vous placer. Arabelle voudra bien faire les honneurs de ma maison.

ARABELLE.

Très volontiers. (*chacun se place.*) Actuellement, nous vous écoutons.

BANNAL, *lit entre ses dents.*

Voici bien des nouvelles politiques ; mais je crois qu'elles vous intéressent peu.

ARABELLE.

Passons, passons aux événements particuliers.

BANNAL.

Ah, m'y voici. Il se débite beaucoup d'anecdotes singulières ; jamais la corruption ne semble avoir été plus générale ; c'est ce qui nous engage à insérer ici ces anecdotes, pour démasquer le vice, et en préserver les jeunes personnes qui chérissent encore la vertu.

BIBIANE.

Assurément, rien de plus louable qu'un pareil motif.

BANNAL.

Samedi dernier, miss Prudtey s'est sauvée dans la diligence de Douvres, avec un jeune François, son maître de danse. Ils vouloient s'embarquer pour la France ; mais son père les a fait arrêter à Cantorbéry, où il les a rejoints.

ARABELLE.

Pour un danseur françois, c'est avoir bien peu d'agilité.

BANNAL.

Miss Lucrèce est enfin guérie des suites de sa chute. Il y a ici beaucoup de points.

BIBIANE.

De quelle chute veut-il parler ?

BANNAL, *mettant le doigt sur sa bouche.*

Chut ! énigme à deviner.

SOPHIE, *à Caroline.*

Quel impudent nouvelliste !

BANNAL.

Oh, oh ! Mesdames, voici qui vous concerne.

ARABELLE.

Nous, M. Bannal ?

BANNAL.

Oui, vraiment, mais je vais le passer.

CAROLINE.

Lisez, Monsieur, lisez ; nous voulons savoir ce qu'on dit de nous dans ce monde.

BANNAL.

Ma foi, Madame, c'est de vous même précisément qu'il est question. (*il lit.*) Le mariage du vieux Richard avec la jeune Caroline, a eu les suites qu'on devoit naturellement en attendre ; brouillerie, désunion, jalousie, caprices, rien n'y manque ; le vieux jaloux ronge son frein en secret, tandis que son épouse se console, dit-on, en secret aussi, avec le jeune Charles Surface dont Richard est le tuteur.

CAROLINE.

Ah, Dieux ! quelle horrible calomnie !

BANNAL, *continuant à lire.*

Le personnage le plus répréhensible en cette affaire, c'est sans contredit Charles Surface ; non content d'avoir fait une promesse de mariage à la veuve Arabelle....

SOPHIE.

Cela est faux, impossible; qu'en dites-vous, Madame?

ARABELLE, *d'un air embarrassé.*

Je dis qu'il y a certains secrets d'une nature.... Oui, comme vous dites, cela est faux, impossible même, puisque ce mot vous plaît... Poursuivez, Monsieur.

BANNAL, *lisant.*

Non content d'avoir fait une promesse de mariage à la veuve Arabelle, il fait encore la cour à une jeune innocente, nièce de Richard; et il est à craindre qu'elle ne connoisse sa perfidie, que lorsqu'il ne sera plus temps d'y remédier. (*Sophie se trouve mal.*)

CAROLINE.

Sophie! ma chère Sophie! En vérité, Monsieur, vous auriez bien mieux fait de garder cette lecture pour vous seul. (*on s'empresse autour de Sophie; on lui fait respirer des eaux, elle revient à elle.*)

JOSEPH.

Certainement, M. Bannal; c'est fort mal à vous, et je suis outré, plus que vous ne pouvez croire, d'un pareil procédé.

BANNAL.

Si j'eusse pu deviner.... Mais vous m'ordonniez de lire....

ARABELLE, *bas à Joseph.*

Le coup a porté merveilleusement. (*à Sophie.*) Eh bien, ma chère Miss! comment vous trouvez-vous?

SOPHIE.

Ah, ma tante! où m'avez-vous amenée? Et on lit cela dans le public!

CAROLINE.

Voilà le plus fâcheux, mon enfant. (*à Bannal.*)

J'espère, Monsieur, que vous n'avez plus rien à nous lire.

BANNAL.

Je cesserai, si Madame le desire ; mais il n'est plus question que de Charles Surface dans le reste de l'article.

JOSEPH.

De mon frère ! Ah ! permettez, Mesdames, que je sache tout ce qu'on en dit. Je suis trop intéressé à venger son honneur, pour ne pas solliciter cette grace de votre part.

ARABELLE.

Rien de plus juste. Il faut l'entendre.

BANNAL *lit*.

Il n'y a que deux mots. Heureux encore ! si toutes les beautés qu'il courtise, vouloient former une généreuse souscription pour payer ses dettes ; car il doit quatre fois plus qu'il ne peut jamais avoir, son oncle des Indes venant de le déshériter.

JOSEPH.

Cela est faux. Du moins, je n'en ai aucune connoissance.

BIBIANE.

Et quand cela seroit, il n'auroit que ce qu'il mérite.

BANNAL.

Voilà tout ce qui le concerne, ainsi que vous, Mesdames.

CAROLINE.

Eh bien, Monsieur, il faudra répondre à cette diatribe pas plus tard que demain. Voulez-vous vous en charger ?

BANNAL.

Très volontiers, Madame. Daignez me produire vos moyens de défense.

CAROLINE.

Quant à mes dissensions avec mon mari, vous n'en parlerez pas; mais soutenez hardiment qu'il n'existe aucune liaison suspecte entre Charles et moi.

JOSEPH, *lui serrant la main.*

Oh! pour cela, j'en suis le garant. (*il continue à lui parler bas, pour détourner son attention.*)

BANNAL, *à Arabelle.*

Et vous, Madame?

ARABELLE.

Pour moi, je vous prie de ne rien dire à mon sujet.

SOPHIE.

Mais un pareil silence aura tout l'air d'un aveu.

ARABELLE, *confidemment à Sophie.*

J'ignore comment cet engagement formel de Charles avec moi est parvenu à la connoissance du nouvelliste; mais il n'est malheureusement que trop réel. Ce n'est pas avec une amie que j'en ferai mystère. Lisez, ma chère Miss; vous connoissez son écriture.

SOPHIE, *après avoir lu.*

Ah, dieux!

ARABELLE.

Vous voyez que le silence est le seul parti qui me convienne; mais qu'avez-vous?

SOPHIE.

Ma tante, je ne me sens pas bien; permettez que je me retire.

CAROLINE.

Eh bien, mon enfant! veux-tu que je te reconduise?

SOPHIE.

Non, ma tante; je m'en irai bien seule. (*Joseph*

veut lui donner la main.) Monsieur, vous me ferez plaisir de rester.

SCÈNE III.

CAROLINE, JOSEPH, ARABELLE, BIBIANE, BANNAL.

ARABELLE.

Il faut espérer que son indisposition n'aura point de suites.

BIBIANE.

Je le souhaite ; mais à son âge, ces sortes de mal-aises sont bien faits pour inquiéter.

CAROLINE.

Rassurez-vous, Madame ; je vous réponds de la santé de Sophie comme de la mienne.

BIBIANE.

Ce seul mot me tranquillise. Quand on a un mari tel que celui....

CAROLINE.

De grace, Madame ; laissons cela.

ARABELLE.

Sans doute. Que Richard soit vieux et caduc ; que Caroline, quoique jeune et aimable, ne puisse guère espérer de joindre le doux titre de mère à celui d'épouse, sont-ce là nos affaires ? Laissons-lui donc le soin de pourvoir elle-même à son bonheur.

BANNAL.

Pour moi, je connois beaucoup de mariages semblables qui sont très heureux. Si l'époux est âgé, il n'en est que plus complaisant ; il n'a point de maîtresses qui

le ruinent; et si la jeune épouse est prudente et circons-
pecte dans le choix de ses amis, le public est toujours
porté à l'excuser.

JOSEPH.

J'en conviens. Mais il faudroit qu'un pareil choix ne
fût fondé que sur la tendre union des cœurs, sur la déli-
catesse du sentiment, sur cette heureuse sympathie
qu'on ne peut définir, et qui, selon moi, peut seule faire
le bonheur de deux êtres sensibles.

CAROLINE.

Où trouver une pareille union? La plupart des
hommes vifs, indiscrets, volages, ne peuvent se fixer
long-temps vers le même objet; et c'est se préparer bien
des regrets, que de céder à l'inclination qu'ils cherchent
à nous inspirer.

JOSEPH.

Ah, Madame! j'espère que vous daignez faire quelques exceptions à cette règle générale. (*Richard paroît.*)

ARABELLE.

Et quand cette règle seroit générale, quel si grand
mal y auroit-il? Rien, selon moi, de plus insipide
qu'une éternelle constance. On se prend, on se quitte,
on fait de nouveaux choix, et l'on est heureux; c'est le
principal.

SCÈNE IV.

Les précédents, RICHARD.

RICHARD.

EXCELLENTE morale? Et c'est pour entendre de
pareilles sottises que Caroline s'absente si long-temps de
chez elle.

ARABELLE *se levant, ainsi que les autres.*

C'est pour ne pas entendre celles que vous lui débitez, vieux jaloux. Mais voyez quel si grand mal y a-t-il à être avec nous ?

RICHARD.

Ce n'est pas à vous que je parle, Madame. Caroline est sortie avec ma nièce ; elle devoit rentrer avec elle, et si j'en juge par ce que vient de me dire Sophie, je vois qu'il y a tout à perdre et rien à gagner avec vous.

ARABELLE.

Que vous a-t-elle donc dit, Monsieur ?

RICHARD.

J'aurois honte de le répéter. Et vous, Joseph ; vous que je regardois comme un homme sage, vous ne rougissez pas de vous associer à un pareil trio ! Bibiane, Bannal et Arabelle !

BIBIANE, *à Joseph.*

Comment donc, Monsieur ? vous souffrez qu'on nous insulte ainsi chez vous ?

BANNAL.

Cela est affreux.

RICHARD.

Oui, je le répète, un trio de fort mauvaises langues, qui ne vous occupez du matin au soir, qu'à dire du mal de tout le monde.

ARABELLE.

Est-ce notre faute, s'il n'y a que du mal à en dire ? Vous, par exemple, croyez-vous que nous vous ayons oublié ?

RICHARD.

Fort bien, même devant ma femme !

ARABELLE.

Le grand danger! comme si elle ne connoissoit pas
mieux que nous toutes vos imperfections.

RICHARD.

Cela se peut, Madame, mais je ne dois pas souffrir
que vous cherchiez à lui inspirer le goût de la médisance,
vice dangereux pour son âge, et qui n'est bon tout au
plus qu'à consoler le désœuvrement et l'ennui des
vieilles filles, ou des veuves abandonnées.

ARABELLE.

Voyez un peu l'impertinence! Allons, ma chère voisine, laissons-le déclamer tout à son aise. Bannal, vous
allez nous reconduire.

BANNAL.

Très volontiers, Madame.

ARABELLE.

Adieu, Joseph. Quand vous voudrez nous recevoir,
ne laissez votre porte ouverte qu'à des gens ayant de
l'éducation.

SCÈNE V.

RICHARD, CAROLINE, JOSEPH.

CAROLINE.

En vérité, c'étoit bien la peine de sortir de chez vous
pour venir faire ici une pareille esclandre.

RICHARD.

Je fais ce que je dois, Madame, et ce que la raison me
conseille; Joseph est encore jeune et sans expérience: je
dois le garantir, ainsi que vous, des mauvais exemples
du vice et de la corruption.

JOSEPH.

Soyez assuré, Monsieur, que vos avis me seront toujours chers et respectables.

RICHARD.

A la bonne heure; c'est répondre sagement. Votre frère est-il ici !

JOSEPH.

Je l'ignore. Voulez-vous lui parler ?

RICHARD.

Oui, pour affaire importante; sachez s'il est chez lui, et recommandez-lui bien de ne pas sortir sans me voir. (*Joseph sort.*)

SCÈNE VI.

RICHARD, CAROLINE.

CAROLINE.

ACTUELLEMENT, Monsieur, voudriez-vous me dire ce qui peut occasionner votre humeur?

RICHARD.

Ah, Caroline! pouvez-vous me le demander? et ne savez-vous pas bien, qu'il dépendroit de vous que je n'en eusse jamais?

CAROLINE.

Vraiment, cela dépend de moi! (*le caressant.*) Eh bien ! soyez donc, je vous prie, de la meilleure humeur possible; car, j'ai un besoin extrême de deux cents livres sterling, et il faut être en bien bonne humeur pour me les accorder.

RICHARD.

Quel diable! ne saurois-je l'être sans débourser de l'argent? Mais qu'à cela ne tienne; soyez toujours aimable, et vous ne manquerez de rien. Tenez, voici un billet de la somme que vous me demandez ; que ceci soit le sceau de notre réconciliation. (*il se présente pour l'embrasser.*)

CAROLINE.

De tout mon cœur.

RICHARD.

Chère Caroline, bientôt vous ne me reprocherez plus de n'avoir encore fait aucune disposition en votre faveur. Avant qu'il soit peu ; laissez-moi faire... Je vous ménage une surprise à laquelle vous ne vous attendez guère.

CAROLINE.

Dites-vous vrai? Ah, Richard ! si vous saviez comme la bonne humeur vous sied ! Tenez, je vous trouve en ce moment le même air que vous aviez avant notre mariage.

RICHARD.

Tout de bon !

CAROLINE.

Vous rappelez-vous, quand nous nous promenions sous les ormeaux de notre village, et que vous me racontiez gaîment tous les passe-temps de votre jeunesse, et que vous me demandiez, si je pourrois me résoudre à aimer un mari vieux à la vérité, mais qui ne me refuseroit jamais rien ?

RICHARD.

Oui, oui. Combien vous étiez alors obligeante et attentive !

CAROLINE.

Certainement, je l'étois, et je prenois votre parti envers et contre tous ; et quand ma cousine Marie venoit me rire au nez, en me reprochant de vouloir épouser un homme qui auroit pu être mon grand-père, ajoutant d'autres noms que je ne veux pas répéter, je me fâchois très fort contre elle, et je lui disois que vous ne me paroissiez pas tel qu'elle vous dépeignoit, et que j'étois assurée que vous feriez un excellent mari.

RICHARD.

C'étoit fort obligeant de votre part. Vous voyez bien, mignone, que vous ne vous êtes pas trompée. Qui nous empêche de vivre toujours aussi unis, aussi heureux que dans ce moment-ci ?

CAROLINE.

Rien. Pour moi, je veux, à dater d'aujourd'hui, que nous soyons si long-temps sans nous quereller, que vous vous en lassiez le premier.

RICHARD.

J'y consens de bon cœur.

CAROLINE.

Et tant que le jour durera, nous serons heureux, heureux autant qu'on puisse l'être; et jamais, jamais nous n'aurons de dispute.

RICHARD.

Jamais, jamais, c'est bien dit; ou, si nous en avons, ce sera à qui sera le plus obligeant.

CAROLINE.

Excellente idée !

RICHARD.

Il faudra pour cela, ma chère amie, que vous veilliez avec soin sur votre humeur; car, vous savez, mon cher cœur, que dans toutes nos querelles, c'est toujours vous qui commencez.

CAROLINE.

Vous vous trompez, mon chou, c'est vous qui entamez toujours la dispute.

RICHARD.

Eh non! ma reine, cela est faux.

CAROLINE.

Cela est vrai, vous dis - je; mais actuellement même vous voyez bien que c'est vous qui disputez.

RICHARD.

C'est bien vous-même qui ne voulez pas convenir de la vérité.

CAROLINE.

Parce que j'ai raison, et que vous avez tort.

RICHARD.

Ventrebleu ! je vous dis que c'est vous.

CAROLINE.

Juste Ciel ! je n'ai jamais vu un pareil homme dans ma vie. Il est justement tel que ma cousine Marie l'a dépeint.

RICHARD.

Votre cousine Marie est une sotte et une impertinente.

CAROLINE.

Vous êtes un plaisant fou, d'insulter ainsi mes parents.

RICHARD.

Fou ! oui je l'ai été d'épouser une étourdie, une coquette, une....

CAROLINE.

C'est bien plutôt moi qui ai été une sotte, d'épouser un homme ridicule, qui, à soixante ans, n'avoit encore trouvé personne qui voulût de lui.

RICHARD.

Vous êtes trop heureuse que j'aie pensé à vous.

CAROLINE.

Vous croyez cela! Il n'a cependant tenu qu'à moi d'épouser Georges Spencer. Son bien valoit au moins le vôtre: demandez-le à ses héritiers qui en jouissent depuis huit jours.

RICHARD.

Je vous entends, Madame, et je vois à quel point vous poussez l'ingratitude. Mais, je veux être le plus grand coquin de la terre, si je songe jamais à renouer avec vous. Dorénavant, vous aurez votre pension, et vous en jouirez seule.

CAROLINE.

A la bonne heure. Je serai trop satisfaite de ne plus vivre avec un homme comme vous.

RICHARD.

A merveille, Madame, cela sera à merveille; et je vois bien que les bruits qui ont couru sur votre compte et celui de Charles, ne sont pas sans fondement.

CAROLINE.

M. Richard, prenez garde à ce que vous dites; je vous préviens que si vous attaquez mon honneur, les loix sont faites pour me venger.

RICHARD.

Comment, Madame, un divorce? Eh bien! soit, un divorce.

CAROLINE.

Un divorce, c'est bien dit.

RICHARD.

Oui, oui, je veux apprendre aux vieux garçons à devenir sages à mes dépens.

CAROLINE.

Adieu, aimable et tendre époux. Je vois que vous êtes

en train de vous fâcher ; ainsi je vous laisse. Quand vous
serez un peu radouci , nous ferons le plus joli petit me-
nage du monde , et jamais, jamais nous n'aurons de
querelles. Ah! ah! ah! (*elle sort en riant.*)

RICHARD.

Mort de ma vie! je ne saurois parvenir à la fâcher.
Oh! il ne sera pas dit qu'elle conservera son sang-froid,
quand je n'ai pas le mien. Il faut absolument que je la
suive, et nous verrons si... Mais, voici Joseph. Eh bien!
avez-vous trouvé votre frère ?

SCÈNE VII.

RICHARD, JOSEPH.

JOSEPH.

NON. C'est inutilement que je l'ai cherché par toute la
maison. J'ai envoyé André s'informer s'il ne seroit pas
dans quelque maison voisine ; il ne l'a pas trouvé.

RICHARD.

Où peut-il être à cette heure-ci ?

JOSEPH.

Vous savez bien qu'il couche rarement chez lui. Il fait
de la nuit le jour et du jour la nuit. Mais, si vous voulez
me confier ce que vous avez à lui communiquer.

RICHARD.

A la bonne heure. Quoique j'aie beaucoup à me plaindre
de ses extravagances, je ne m'en ressouviens pas moins
qu'il est le fils de mon meilleur ami , et je crains qu'il ne
lui arrive quelque catastrophe désagréable.

JOSEPH.

Je n'ai aucune inquiétude à ce sujet.

RICHARD.

Et moi, j'en ai beaucoup, et j'y suis fondé. Je sais à n'en pouvoir douter, qu'on a obtenu, ce matin, une prise de corps contre lui, et qu'on le guette pour la mettre à exécution ; déjà on est venu rôder autour de votre maison et de la mienne, pour le saisir quand il paroîtra. Si vous le voyez avant moi, ne manquez pas de l'en avertir. Dites-lui qu'il vienne chez moi ; je veux bien encore lui offrir un asile, jusqu'à l'arrivée de son oncle, qui est en route pour revenir à Londres ; alors peut-être trouverons-nous quelques moyens d'arranger ses affaires.

JOSEPH.

Mon oncle Olivier revient des Indes ! J'en suis au comble de la joie. Il ne falloit rien moins que cette nouvelle, pour adoucir le chagrin que me cause l'inconduite de mon frère.

RICHARD.

N'oubliez pas de le prévenir sur ce que je vous ai dit.

JOSEPH.

L'amitié fraternelle m'en fait un devoir, et dès que vous ne voyez aucun inconvénient à le loger si près de votre femme et de votre nièce...

RICHARD.

A vous dire le vrai, je ne le fais pas de trop bon gré ; mais j'espère que ce ne sera pas pour long-temps. Au reste, j'ai peine encore à soupçonner la vertu de Caroline. Quant à Sophie, j'en fais mon affaire ; je sais qu'elle aime Charles, et que sa tante favorise leur inclination ; mais je suis trop sensé pour donner jamais mon consentement à ce mariage.

JOSEPH.

Mon cher tuteur, je mets toute ma confiance en vous.

S'il ne s'agissoit que de mon bonheur personnel, j'en ferois volontiers le sacrifice à mon frère; mais, il s'agit en même temps de celui de Sophie, et je ne crois pas qu'elle puisse le trouver dans une pareille union.

RICHARD.

Non, certainement; aussi, aurai-je grand soin de l'empêcher. Adieu; je vais retrouver notre ami Rowley. C'est lui qui vient de me donner l'avis en question. Il prétend que c'est un certain paragraphe, inséré dans la feuille d'aujourd'hui, qui cause tout ce désordre; il dit même qu'il y est question de Caroline et de moi, et s'occupe des moyens d'en découvrir l'auteur.

JOSEPH, *bas.*

C'est bon à savoir. (*haut.*) Je sais bon gré à votre ami Rowley, de vous avoir donné cet avis. Mais, je suis fondé à croire que si l'article m'eût concerné aussi bien qu'il concerne mon frère, il ne se fût pas donné la peine de vous en prévenir.

RICHARD.

Vous croyez cela?

JOSEPH.

J'en suis certain. Je sais qu'il ne m'aime point, qu'il cherche peut-être même à me desservir dans votre esprit; mais je lui pardonne de toute mon ame.

RICHARD.

Quand cela seroit, me croyez-vous assez peu de lumières pour être obligé de recourir à celles des autres? Rassurez-vous, mon cher Joseph, et comptez toujours sur mon amitié. (*il sort.*)

SCÈNE VIII.

JOSEPH.

Bravo ! voilà mes affaires en bon train. Charles, décrié, décrédité ; que sais-je même ? peut-être emprisonné. Caroline m'aime, je n'en puis douter. Son benêt de mari a une confiance aveugle en moi. Il n'y a donc plus que Sophie qui ose encore me résister. Mais je crois que cette fausse promesse de mariage qu'on lui a fait voir ce matin, aura beaucoup altéré son penchant pour mon frère. Allons, il faut commencer par faire tomber Caroline dans nos filets. Je vais lui écrire, et lui demander un rendez-vous, pour affaires pressantes... Mais, qu'est-ce que j'entends?... la voix de Charles... justement, c'est lui-même.

SCÈNE IX.

JOSEPH, CHARLES, *entre deux vins.*

CHARLES, *chante.*

Vive le vin, vive l'amour,
Amant et buveur tour à tour.

Ah ! voici Joseph. Bonjour, M. le philosophe ; je trouble peut-être vos profondes méditations. Mais.... excusez... c'est que je suis d'une gaieté... Je viens de passer une nuit délicieuse avec cinq ou six bons amis ; pas de femmes, toujours de la décence. Il y avoit entre autres... attendez, que je m'en souvienne... Ma foi, c'est égal. Ce que je n'ai pas oublié, c'est un certain vin de

Champagne : mais.... c'est du vin, celui-là ! ça vous fait
sauter un bouchon.... paf!.. au plancher. Oh ! vous en
goûterez ; j'en ai commandé quelques quartauts pour
meubler ma cave et.... je veux que vous en goûtiez....
je le veux.

JOSEPH.

Mon frère, n'avez-vous point de honte ?..

CHARLES.

Ah! vous allez commencer vos sermons ! vous savez
donc que j'ai besoin de sommeil ? Eh, bien! soit. Mais,
venez dans ma chambre ; et là, nous nous établirons ;
vous, dans un fauteuil, bien à votre aise ; moi.....
sur mon lit, plus à mon aise encore. Vous prêcherez : je
m'endormirai ; vous irez toujours votre train, moi le
mien ; l'un prêchant, l'autre ronflant. Cela ne laissera
pas que de former le plus joli duo du monde.

JOSEPH.

Allez dormir, si bon vous semble, et puissiez-vous de
même endormir tous vos créanciers !

CHARLES.

Mes créanciers! qu'avez - vous à dire contre eux, s'il
vous plaît ? Ne sont-ils pas de braves gens ?... d'honnêtes
gens ; qui ne m'ont jamais demandé plus de... cinquante
pour cent ? Mais, à propos, pourquoi voulez-vous que
je les endorme ? Est-ce qu'ils songeroient à faire de la
peine à leur meilleur ami, à Charles Surface ?

JOSEPH.
Je ne le crois pas.

CHARLES.

Eh bien ! donc, bonsoir. Si vous voyez avant moi,
ma ch ère, mon aimable, mon adorable Sophie, dites-lui
bien des choses tendres de ma part, et que demain matin

j'irai la voir. Quand je dis demain matin, cela veut dire...
à mon réveil. Quelle heure est-il ?

JOSEPH.

L'heure de vous coucher.

CHARLES.

Eh bien !... vous avez raison, et je reconnois là votre
profonde sagesse. Et puis... d'ailleurs... je vous souhaite
le bonsoir. Bonsoir, mon frère ; bonsoir, mon cher ami.
Ne m'oubliez pas auprès de ma charmante. (*il sort.*)

JOSEPH.

Non, non, dormez tranquille. A son réveil, dit-il,
il ira la voir. Il ne s'attend pas au réveil qu'on lui prépare. Pour nous, allons écrire notre lettre à Caroline,
et u'André la lui porte sur-le-champ.

FIN DU PREMIER ACTE.

ACTE II.

SCÈNE PREMIÈRE.

RICHARD, ROWLEY.

RICHARD.

QUELLE triste nouvelle pour son oncle ! Arriver tout exprès des Indes; jouir d'avance du plaisir d'embrasser ses neveux, et en trouver un en prison! Peut-être va-t-il s'en prendre à moi; cependant, j'ai fait tout ce que j'ai pu pour détourner ce malheur. Je suis venu ici, j'ai prévenu son frère sur ce que vous m'aviez dit.

ROWLEY.

Raison de plus pour qu'il l'ignorât. Croyez-moi, mon cher ami, vous vous êtes confié au renard; et si vous aviez lu dans les yeux de ce frère, vous y auriez vu toute la malignité d'une joie perfide.

RICHARD.

Joseph seroit capable... non, je ne puis le croire. Et quelle raison auroit pu l'engager à cacher à Charles, le péril qui le menaçoit ?

ROWLEY.

Quelle raison ? Mille pour une. D'abord, il le regarde comme son rival et comme un rival aimé. Ensuite, son oncle est sur le point d'arriver. Il convoite son héritage, et sera charmé de cette circonstance défavorable pour son frère. Enfin, il est naturellement faux, méchant, hypocrite.

RICHARD.

Doucement, doucement, s'il vous plaît. J'aime et j'estime Joseph. Je le regarde comme un garçon sage, économe. Il gémit sans doute, ainsi que moi, sur les défauts de son frère ; mais, pouvez-vous croire qu'il soit capable....

ROWLEY.

De tout. Je ne parle point en l'air ; et si je ne m'explique pas plus clairement, c'est que j'ai besoin d'une dernière preuve qui vous le fera connoître à fond. Mais, avant la fin du jour, j'espère vous convaincre de toute sa noirceur. En attendant, soyez sûr que, si son frère est en prison, c'est lui seul qui en la cause.

RICHARD.

C'est-à-dire, que vous croyez qu'il aura négligé de l'avertir.

ROWLEY.

De l'avertir, dites-vous ; vous vouliez qu'il le garantît d'un malheur qu'il lui préparoit lui-même.

RICHARD.

Impossible, mon cher ; impossible. Brisons là-dessus, s'il vous plaît ; autrement vous me fâcheriez tout de bon. Ce qui m'étonne le plus en vous, c'est de voir que rien ne puisse vous faire revenir de votre prévention en faveur de Charles. Quand tout parle contre lui, qu'il se trouve sans ressource, sans amis, sans honneur ; seul contre tous vous prenez son parti. Sophie elle-même ne veut plus entendre parler de lui. Vous le savez, vous étiez présent, quand elle m'a déclaré qu'elle n'en vouloit plus pour époux.

ROWLEY.

Je conviens qu'elle m'a singulièrement surpris, et c'est là précisément ce que je veux éclaircir. Mais soyez sûr qu'elle l'aime autant que jamais. Avez-vous pris garde à elle, quand vous lui avez annoncé qu'il étoit en prison ?

RICHARD.

Non. Tout ce dont je me souviens, c'est qu'elle est sortie sur-le-champ.

ROWLEY.

Pour vous dérober ses larmes. Je les ai vu rouler dans ses yeux; et à peine étoit-elle hors de l'appartement, que je l'ai entendue pleurer amèrement.

RICHARD.

Cela est tout simple. Elle est d'une sensibilité extrême; elle en eût fait tout autant.... Mais que vois-je !

SCÈNE II.

RICHARD, ROWLEY, CHARLES.

CHARLES, *se jetant au cou de Richard.*

AH, mon cher tuteur ! comment vous témoigner toute ma reconnoissance ?

RICHARD.

Charles ! mon cher ami !... Quoi, Monsieur, c'est vous ! comment avez-vous donc fait ?... Je ne sais si je veille, ou si je dors.

CHARLES.

Je ne m'attendois pas, je l'avoue, à ce trait de générosité de votre part. Mon cher Rowley, prenez part à ma joie.

ROWLEY.

Expliquez-vous, de grace. Comment vous trouvez-vous ici?

CHARLES.

J'ai reçu, dans la prison, un billet de banque de quatre cent livres sterling, qui m'a servi à satisfaire celui qui m'avoit fait arrêter, et c'est à mon tuteur que j'en ai l'obligation.

RICHARD.

A moi! vous n'y pensez pas; je ne vous ai rien envoyé.

CHARLES.

Vous ne m'avez rien envoyé! Et c'est André lui-même qui m'a dit qu'il venoit de votre part. Mais il est là dans l'antichambre. Nous pouvons nous éclaircir.

RICHARD.

André!

ANDRÉ, *derrière le théâtre.*

Monsieur!

SCÈNE III.

RICHARD, ROWLEY, CHARLES, ANDRE.

RICHARD.

APPROCHEZ ici. Est-ce vous qui avez porté un billet de banque à la prison?

ANDRÉ.

Oui, Monsieur.

RICHARD.

Et vous avez dit que c'étoit de ma part?

ANDRÉ.

Oui, Monsieur.

RICHARD.

Mais cela est faux, absolument faux.

ANDRÉ.

Oui, Monsieur.

RICHARD.

Pourquoi donc vous servir de mon nom ?

ANDRÉ.

C'est que j'en avois l'ordre.

RICHARD.

Et qui vous avoit donné cet ordre ?

ANDRÉ.

Vraiment, Monsieur; on m'a bien défendu de le dire.

RICHARD.

Je parie que c'est Joseph.

ROWLEY.

Joseph! mille contre un que ce n'est pas lui.

ANDRÉ.

Et vous avez gagné.

RICHARD.

C'est peut-être Caroline.

ANDRÉ.

Non, Monsieur.

RICHARD.

Oui, Monsieur; non, Monsieur. Savez-vous que je commence à perdre patience ?

ANDRÉ.

J'en suis fâché, Monsieur; mais devinez, si vous pouvez; car, pour moi, je ne vous le dirai pas.

ROWLEY.

Voulez-vous que je vous le dise, moi ?

3

RICHARD.

Voyons; seroit-ce vous par hasard ?

ROWLEY.

Non. C'est cette même personne qui est sortie pour vous cacher ses larmes.

RICHARD.

Sophie ?

ANDRÉ.

Ce n'est pas moi qui l'ai nommée, toujours.

CHARLES.

Sophie ! ma chère Sophie ! ah, Dieux ! (*il sort en courant.*)

SCÈNE IV.

RICHARD, ROWLEY, ANDRÉ.

ROWLEY.

Voila cependant cette personne qui ne l'aime plus, qui ne veut plus entendre parler de lui.

RICHARD.

J'avoue que je n'y comprends rien. Mais où a-t-elle pu trouver une somme si considérable ?

ANDRÉ.

Puisque vous avez deviné son nom, je puis vous dire comment elle s'y est pris pour cela. Elle est venue me trouver ici; elle avoit les yeux tout rouges, et j'ai bien vu qu'elle avoit pleuré. André, mon cher André, m'a-t-elle dit, savez-vous dans quelle prison est Charles Surface? Oh ! que oui, lui dis-je; j'ai monté sans rien dire derrière le carrosse qui l'a conduit; je l'y ai vu entrer de mes deux yeux. Eh! bien, me dit-elle, prenez cette boîte; allez la porter de ma part chez ce M. Fortdenier,

qui vient souvent ici ; vous lui donnerez cette lettre : il
vous donnera de l'argent, et vous le porterez à la prison ;
vous le remettrez au pauvre Charles ; ce sont ses termes ; et
vous lui direz que c'est de la part de son tuteur : me le
promettez-vous ? Oui, Miss, lui dis-je, je vous le promets ; et j'ai été chez ce M. Fortdenier, qui a ouvert la
boîte, et j'ai vu que c'étoit des diamants ; et puis, il a lu
la lettre. ... Non, je me trompe ; il a lu la lettre avant
d'ouvrir la boîte ; et puis, il m'a donné un morceau de
papier bien mince, bien mince ; en me disant que ça
valoit beaucoup d'argent. Là-dessus, moi, j'ai bien serré
ce papier de peur de le perdre, et je l'ai porté au pauvre
Charles de votre part. Ah ! si vous aviez vu sa joie, si
vous aviez entendu toutes les belles choses qu'il a dites
de vous ! Après quoi, je me suis en allé ; et vous savez
tout. Mais toujours, est-il bien vrai que ce n'est pas moi
qui vous ai nommé miss Sophie ?

OLIVIER, *derrière le théâtre.*
Holà ! quelqu'un.

ANDRÉ.
On y va. (*comme il est prêt à sortir, la porte s'ouvre.*)

SCÈNE V.

OLIVIER, RICHARD, ROWLEY.

ROWLEY.
Olivier Surface !

RICHARD.
C'est lui-même... mon cher ami !

OLIVIER, *les embrassant.*
Bonjour, mes bons, mes anciens amis. Je viens de
chez vous, Richard ; on m'a dit que vous étiez chez mes

neveux, et je m'y suis fait conduire. Où sont-ils donc, que je les voie, que je les embrasse?

ROWLEY.

Ils ne sont pas ici pour le présent. Mais, voyez-le donc, Richard, il n'est point changé; toujours le même.

RICHARD.

Savez-vous bien qu'il y a plus de quinze ans que nous ne nous sommes vus?

OLIVIER.

Dites au moins dix-huit. Charles n'avoit que trois ans, et Joseph six. A propos, l'ami, eh bien!... vous voilà donc marié?

RICHARD.

Hélas! oui. Il y a six mois que j'en ai fait la folie.

OLIVIER.

La folie, c'est le terme. Un vieux garçon comme vous! et avez-vous fait un bon choix?

RICHARD.

Ma foi! pas trop bon.

ROWLEY.

Ne le croyez pas. Caroline son épouse est gaie et vive à l'excès; c'est de son âge. Mais, quoique née dans un village, elle a reçu une très bonne éducation; et à moins que les sociétés qu'elle fréquente ne changent ses principes....

RICHARD.

Voilà précisément ce que je crains.

OLIVIER.

Eh bien, mon ami! il faut les quitter, ces sociétés, aller vous réfugier à la campagne. L'air de la ville est contagieux pour les jeunes femmes; sur-tout quand leurs maris ne le sont plus.

RICHARD.

Vous plaisantez toujours, Olivier; mais, de grace, quittons ce sujet.

OLIVIER.

Oui; parlons un peu de mes neveux. Eh bien! qu'en pensez-vous? sont-ils toujours tels que vous me les avez dépeints?

RICHARD.

Absolument les mêmes. L'aîné n'a pas son pareil pour la sagesse, et le cadet pour la dissipation et la folie.

ROWLEY.

Pour moi, je pense bien différemment sur leur compte. Je donnerois trente Joseph pour un caractère franc, noble et généreux, comme celui de Charles.

OLIVIER.

Je ne sais qui de vous deux a raison. Mais ce qu'il y a de certain, c'est qu'à en juger par leurs lettres, j'ai toujours eu meilleure opinion de Charles que de Joseph. Je n'aime point ces longues phrases, ces morales éternelles. A son âge moraliser! Et puis, toujours dire du mal de son frère; fi! cela n'est pas bien.

RICHARD.

Et à qui auroit-il pu se plaindre de tous les chagrins qu'il nous donne, si ce n'est à vous? Il croyoit que vos sages conseils le feroient rentrer en lui-même.

OLIVIER.

Brrrrr... Au surplus, je souhaite me tromper sur son compte, mais je ne veux en juger que par moi-même. J'ai de bons yeux; et celui que je trouverai le plus digne de mon estime, sera celui que j'adopterai pour mon principal héritier.

RICHARD.

En ce cas-là, ce sera Joseph.

ROWLEY.

Ecoutez, M. Richard; nos avis sont absolument con-traires. Tentons une épreuve. Il y a un de leurs parents maternels nommé Stanley, qui demeure dans le pays de Galles, et se trouve réduit à la plus grande indigence. Jamais ils ne l'ont vu. Je leur ai communiqué depuis peu plusieurs de ses lettres, par lesquelles il implore leur assistance. Ils m'ont fait l'un et l'autre beaucoup de pro-messes; mais Joseph étoit en état de le secourir, et Charles n'avoit pas un sol vaillant.

RICHARD.

Je le crois bien; il ruineroit un royaume.

ROWLEY.

Eh bien! voici ce que je propose : qu'Olivier se pré-sente alternativement chez les deux frères, sous le nom de Stanley ; il jugera par l'accueil qu'il recevra...

OLIVIER.

Cela est fort bien. Mais si Charles est lui-même dans l'indigence, ses bonnes intentions seront sans effet. Il me vient une autre idée. J'irai chez Joseph sous le nom de Stanley, à la bonne heure. Il est riche; il peut secourir l'infortune. L'autre ne peut tout au plus qu'emprunter. Eh bien! je viendrai le voir en qualité de prêteur sur gages.

RICHARD.

A merveille, mon ami. Ah, parbleu! vous en verrez de belles.

ROWLEY.

C'est l'attaquer par son côté foible. N'importe, j'y consens, et je me charge de vous introduire chez l'un et chez l'autre. Mais ou je me trompe fort, ou c'est la voix de Charles que j'entends.

RICHARD.

Adieu, je vous laisse, et vous attends ce soir à souper.

OLIVIER.

Non pas, s'il vous plaît. C'est moi qui prétends vous recevoir à mon arrivée. Je loge ici, et j'irai vous inviter en cérémonie, vous et votre épouse.

RICHARD.

Tout comme il vous plaira.

SCÈNE VI.

OLIVIER, ROWLEY.

ROWLEY.

Vous ne me parlez point de sa nièce.

OLIVIER.

Est-ce qu'il en a une avec lui?

ROWLEY.

Certainement, et une nièce très aimable. Elle se nomme Sophie. Les deux frères la recherchent en mariage ; mais je crois qu'elle préfère le plus jeune.

OLIVIER.

Je serai charmé de la connoître.

ROWLEY.

Voici Charles ; tâchez de vous contenir.

SCÈNE VII.

CHARLES, OLIVIER, ROWLEY.

CHARLES.

Bonjour, mon cher Rowley. Je viens de rencontrer Richard, qui m'a dit que quelqu'un me demandoit ici.

ROWLEY.

Oui, Monsieur. Voici un de mes amis qui, instruit du pressant besoin où vous êtes pour le moment, offre de vous secourir, et m'a prié de l'amener chez vous à cet effet.

CHARLES.

Soyez le bienvenu, Monsieur. Vous ne pouviez venir dans une conjoncture plus favorable. Vous avez donc su qu'on m'avoit mis en prison ce matin ?

ROWLEY, *bas.*

L'étourdi !

OLIVIER.

Vous, en prison, vous, mon cher... monsieur. Eh ! pour quelles raisons, s'il vous plaît ?

CHARLES.

Belle demande ! Pour dettes, apparemment ; et sans ma chère, mon adorable Sophie, j'y serois encore.

OLIVIER, *l'embrassant.*

Permettez que je vous témoigne toute ma joie... Mon cher ami, contez-moi donc cela... Excusez, je ne puis retenir mes larmes ; mais j'ai le cœur si sensible. (*bas à Rowley.*) C'est tout le portrait de son pauvre père.

CHARLES.

Vous êtes un brave homme. Cela ne me surprend pas.
Vous êtes l'ami de Rowley. Au reste, que voulez-vous
que je vous dise? Un de mes créanciers, car j'en ai beaucoup... Mais étourdi que je suis! j'ai peut-être tort de
vous dire cela.

OLIVIER.

Non, non. Votre franchise me plaît; et quel qu'en
soit le nombre, je consens à l'augmenter.

CHARLES.

Eh bien donc! un de mes créanciers m'a fait arrêter
ce matin pour une dette de deux cents livres sterlings.
Sophie l'a su... Connoissez-vous Sophie?

OLIVIER.

Nullement.

CHARLES.

Sophie, la nièce de Richard mon tuteur. Elle s'est
servie de son nom pour m'envoyer un billet de banque
de quatre cents pièces. J'ai payé mon créancier; je suis
sorti de prison; et ayant appris à qui je devois cet impor-
tant service, j'ai été pour la remercier; mais je ne sais
pourquoi elle n'a pas voulu me voir. Je lui ai fait remettre
le reste de son argent, et me voilà.

OLIVIER, *bas à Rowley.*

Je ne comprends rien à cette énigme.

ROWLEY, *bas à Olivier.*

Je vous l'expliquerai. (*haut.*) Ah ça, voyons, M. Barnabé, parlons un peu d'affaires.

CHARLES.

Monsieur s'appelle M. Barnabé?

OLIVIER.

Oui, Monsieur, pour vous servir.

CHARLES.

Eh bien, M. Barnabé! je desirerois emprunter une somme assez considérable pour faire honneur à mes affaires. Je vous donnerai tel honnête intérêt que vous demanderez.

OLIVIER.

Cela est à merveille. Mais quelles sûretés me donnerez-vous pour le principal? Avez-vous des biens fonds?

CHARLES.

Pas même une chaumière. Mais j'ai de grosses espérances.

OLIVIER.

Voyons. Quelles sont ces espérances?

CHARLES.

Vous connoissez sans doute ma famille?

OLIVIER.

Mais... Oui, je la connois.

CHARLES.

Eh bien! vous devez savoir que j'ai dans l'Inde un oncle prodigieusement riche. Mais ce que vous ne savez pas, c'est qu'il m'aime beaucoup, et a dessein de me faire son héritier.

OLIVIER.

Non, vraiment; je ne savois point cela.

CHARLES.

La chose est cependant telle que je vous le dis. Ainsi, je vous ferai, si vous le voulez, mon billet payable après sa mort.

OLIVIER.

Allons donc, vous plaisantez. Il n'a qu'à vivre encore cinquante ans. On m'a dit qu'il jouissoit d'une santé vigoureuse.

CHARLES.

On vous a trompé, M. Barnabé. Sa santé est très
mauvaise. Demandez plutôt à notre ami Rowley.

ROWLEY, *riant.*

Vous devez en être mieux informé que moi.

CHARLES.

Certainement. (*bas à Rowley.*) Ne riez donc pas;
vous allez tout gâter. (*haut.*) Je sais, à n'en pouvoir
douter, que le climat des Indes ne lui convient point du
tout. Il lui est survenu depuis peu une goutte et un asthme
qui le font beaucoup souffrir, et je crains bien qu'il n'ait
pas encore long-temps à vivre.

OLIVIER.

Vous craignez cela?

CHARLES.

Oui. J'en serois fâché. Je ne le connois que par ses
lettres; mais elles sont si tendres; et il m'a donné tant de
preuves d'amitié, que je l'aime de tout mon cœur.

OLIVIER.

C'est fort bien fait à vous. Mais, en conscience, ce que
vous me proposez ne me convient point du tout. N'auriez-vous pas quelques effets de prix? J'ai entendu dire,
par exemple, que votre père vous avoit laissé une assez
grande quantité de vaisselle plate.

CHARLES.

Bah! il y a beau jour qu'elle a disparu.

OLIVIER.

(*bas.*) Le misérable. (*haut.*) Et cette superbe bibliothèque qu'il avoit rassemblée avec tant de soins et de
dépenses.

CHARLES.

Ah ! elle étoit beaucoup trop considérable pour un particulier. N'étoit-ce pas un vrai meurtre de priver le public d'une collection si utile, et de garder sans pitié, pour moi tout seul, ce vaste amas d'instructions et de connoissances ?

OLIVIER.

C'est agir en bon citoyen. (*bas.*) Le pendard. (*haut.*) Vous n'avez donc plus aucun effet de valeur dont vous puissiez disposer ?

CHARLES.

Aucun, à moins que vous n'ayez un goût particulier pour les anciens portraits de famille.

OLIVIER.

Mais... c'est ce qu'il faudra voir.

CHARLES.

Eh bien ! si vous voulez passer dans la galerie des antiques, vous les y trouverez tous rangés en ordre de bataille.

OLIVIER.

Quoi ! vous vous décideriez...

CHARLES.

N'en dites rien à personne. Ils ne souffleront pas le mot.

OLIVIER.

Allons... passons dans la galerie des antiques. (*ils sortent et rentrent sur-le-champ par une porte du fond, après un changement de théâtre qui fait voir un salon rempli de tableaux.*)

CHARLES.

En voici une belle et ample collection, comme vous voyez.

OLIVIER.

Ainsi, vous consentez à mettre en gage toute votre parenté?

CHARLES.

Pourquoi pas ? Il y a long-temps qu'elle y seroit, que je l'aurois vendue même, si j'avois trouvé quelqu'un qui en eût voulu.

OLIVIER.

(*bas.*) Je ne lui pardonnerai jamais cela... (*haut.*) Et vous croyez que je serai ce quelqu'un? qu'une pareille collection me sera plus précieuse qu'à vous-même?

CHARLES.

Ne vous fâchez pas, mon cher Barnabé. Que vous importe, après tout, si elle vaut l'argent que vous me prêterez dessus ?

OLIVIER.

Effectivement... Oui... je crois que je pourrai m'en accommoder. (*bas.*) Jamais je ne lui pardonnerai cela.

CHARLES.

Allons, procédons à l'estimation. Rowley voudra bien nous servir d'huissier priseur.

ROWLEY.

Autant moi qu'un autre. Donnez-moi une plume et de l'encre.

CHARLES.

En voici avec du papier. Or, sus, procédons. Voici d'abord mon grand-oncle Richard Raveline, excellent général dans son temps, qui a fait toutes les campagnes de Marlborough. Cette balafre qui lui traverse le sourcil droit, il l'a gagnée à la journée de Malplaquet. Il n'est pas aussi élégant que nos jeunes officiers; mais convenez qu'il a l'air bien martial.

OLIVIER.

Cela est vrai. Eh bien! à quel prix le mettrons-nous?

CHARLES.

Dix guinées. Est-ce trop cher?

OLIVIER.

Non, mettez dix guinées. (*bas.*) Le maraud! vendre son grand-oncle Richard dix guinées!

CHARLES.

A côté de lui, examinez sa sœur, ma grand'tante Debora. Le portrait est du fameux Kneller. Vous voyez qu'elle s'est fait peindre en bergère menant paître son troupeau. Je vous la donne pour cinq guinées. Voici un mouton qui vaut seul l'argent.

OLIVIER.

Va pour cinq guinées. (*bas.*) La pauvre Debora qui s'estimoit tant, cinq guinées!

CHARLES.

Ici c'est un de mes parents dont j'ai oublié le nom. Tout ce que je sais, c'est qu'il a été lord Maire. Donnez-m'en huit guinées, et j'y joindrai ces deux Aldermen par-dessus le marché.

OLIVIER.

Huit guinées pour un lord Maire et deux Aldermen! Y pensez-vous? Je vous en donnerai six, et les paierai moitié trop cher.

CHARLES.

Allons, mettez six guinées.

ROWLEY.

Six guinées; c'est écrit.

CHARLES.

Ah! ah! voici du bon par excellence. C'est mon

grand-oncle Guillaume Blunt, écuyer, membre du parlement, et un des grands orateurs de son temps. Ce qu'il y a de plus extraordinaire, c'est que voici la première fois qu'il ait été vendu ou acheté.

OLIVIER.

En effet, rien de moins ordinaire. Eh bien! en l'honneur du parlement, fixez le prix vous-même.

CHARLES.

Quarante guinées. C'est-il trop cher?

OLIVIER.

Non; écrivez quarante guinées.

CHARLES.

Mais je crois, Dieu me pardonne, que nous allons être toute la journée à les passer ainsi en revue. Tenez, prenez tout le reste de la collection, et donnez-moi six cents guinées pour le tout.

OLIVIER.

En voici un qui est un peu à l'écart. Sera-t-il du marché?

CHARLES.

Qui? cette figure hétéroclite qui ne signifie rien? Qu'en feriez-vous? Elle n'est pas de défaite.

OLIVIER.

Pardonnez-moi; et je ne lui trouve pas la figure si hétéroclite. Qu'en pense Rowley?

ROWLEY, *riant.*

Je suis de votre avis. Je vois la bonté, l'indulgence, la générosité dans tous ses traits.

CHARLES.

Et vous voyez bien. Mais je ne veux pas m'en défaire. C'est le portrait de cet oncle Olivier, dont je vous parlois tout-à-l'heure.

OLIVIER.

Quoi! c'est là cet homme goutteux, asthmatique, qui n'a plus qu'un instant à vivre?

CHARLES.

On ne le diroit point, n'est-il pas vrai? Mais c'est qu'il a été peint dans la vigueur de son âge. Actuellement il est si changé, si méconnoissable, que s'il étoit là, ses propres parents auroient peine à le reconnoître.

OLIVIER.

Il faut que cela soit, puisque vous le dites. Allons, mettez ce portrait avec les autres, et je vous donnerai ce que vous me demandez.

CHARLES.

Non pas, s'il vous plaît. J'ai tant d'obligations à celui qu'il représente, que j'aimerois mieux manquer de tout que de m'en défaire.

OLIVIER, *bas à Rowley.*

Il est digne d'être mon neveu. Allons, tout est pardonné.

CHARLES.

Que dites-vous donc là?

OLIVIER.

Je dis que j'ai une fantaisie décidée pour ce portrait, et que je veux l'avoir.

CHARLES.

J'en suis fâché, mais vous ne l'aurez point. Quel diable! vous avez là plus de portraits qu'il n'en faut pour charger deux voitures, et vous n'êtes pas content!

OLIVIER.

Ce n'est pas un portrait de plus ou de moins.

CHARLES.

Encore une fois, je ne le vendrai pas.

OLIVIER.

(*bas.*) Oh! oui, tout est pardonné. (*haut.*) Tenez, mon cher Monsieur, voici un billet de banque de mille pièces.

CHARLES.

Il n'en faut que six cents.

OLIVIER.

Je vous laisse le tout, si vous voulez m'accommoder de votre oncle Olivier.

CHARLES.

Une fois pour toutes, m'en donneriez-vous mille, deux mille, quatre mille guinées, vous ne l'aurez pas. C'est entendu, je crois.

OLIVIER.

Aimable jeune homme, permettez que je vous embrasse. J'aime les cœurs reconnoissants; et, en considération de votre attachement pour votre oncle, je vous laisse le billet en totalité.

CHARLES.

Mais qui donc êtes-vous? Et que vous importe que j'aime ou n'aime pas mon oncle Olivier? Au reste, nous sommes tombés d'accord à six cents pièces; je n'en veux pas davantage. Tenez, Rowley, chargez-vous de ce billet; vous rendrez quatre cents guinées à M. Barnabé. (*à demi-bas.*) Vous en enverrez cent à ce pauvre Stanley, dont vous m'avez parlé si souvent. (*haut.*) Le reste me servira pour rembourser Sophie, et faire honneur à mes affaires. Voulez-vous me rendre ce service?

ROWLEY.

De tout mon cœur, mon cher ami.

OLIVIER, *bas à Rowley.*

Allons-nous-en; je n'y puis plus tenir. A coup sûr,

4

je me trahirois. Et c'est là ce mauvais sujet, cet homme dissipé, ce prodigue !

ROWLEY.

Vous voyez si j'avois tort de vous en dire du bien.

CHARLES, *le rappelant.*

Ecoutez donc, M. Barnabé. Est-ce que nous nous quitterons ainsi sans nous porter quelques santés ensemble ? Il faut bien goûter le vin du marché.

OLIVIER.

Excusez-moi ; mais je suis pressé pour le moment.

CHARLES.

Eh bien ! ce sera partie remise, quand vous viendrez faire enlever vos portraits. Ah ça ! j'espère que vous les logerez décemment, et comme il convient à la famille des Surfaces.

OLIVIER.

Soyez tranquille. J'en aurai le plus grand soin. Au revoir.

SCÈNE VIII.

CHARLES, *seul.*

Six cents guinées en un jour ! Quelle excellente affaire je viens de faire là ! En vérité, ce n'est que d'aujourd'hui que je connois tout le prix de mes ancêtres. (*il leur fait à tous une grande révérence.*) Bien obligé, cent fois obligé, Mesdames et Messieurs ; agréez mes sincères remerciements pour le service que vous venez de me rendre. C'est avec douleur que je me sépare de vous. Recevez mes adieux; mais comptez toujours sur moi comme sur le plus humble, le plus soumis et le plus reconnoissant de tous vos serviteurs.

FIN DU DEUXIÈME ACTE.

ACTE III.

Le même salon qu'auparavant.

SCÈNE PREMIÈRE.

JOSEPH, ANDRÉ.

JOSEPH.

NE vous trompez-vous pas, André? Êtes-vous bien certain que mon frère soit sorti de prison?

ANDRÉ.

Je vous dis, Monsieur, qu'il étoit ici il n'y a qu'un instant, et que je l'ai vu de mes deux yeux comme je vous vois.

JOSEPH, *s'avançant sur le bord du théâtre.*

En vérité, cela me passe. C'est sans doute ce maudit Rowley qui aura fait ce beau coup... Je ne sais comment il s'y prend; mais il sait tout, se trouve par-tout, et me contrecarre en tout. Avez-vous porté ma lettre à Caroline?

ANDRÉ.

Oui, Monsieur.

JOSEPH.

Eh bien! où est sa réponse?

ANDRÉ.

Elle ne m'a rien donné.

JOSEPH.

Cela n'est pas possible.

ANDRÉ.

Pardonnez-moi, Monsieur. Elle m'a dit seulement qu'elle viendroit ici tantôt, que vous n'aviez qu'à l'attendre.

JOSEPH.

Eh ! voilà ce que je vous demande. Mais j'entends du bruit. C'est elle peut-être. (*la porte s'ouvre ; on voit Rowley et Olivier.*)

ANDRÉ.

Non. Ce sont deux messieurs qui sont déjà venus parler à votre frère.

JOSEPH.

Laissez-nous. (*bas.*) Ils viennent bien mal-à-propos.

SCÈNE II.

JOSEPH, ROWLEY, OLIVIER.

ROWLEY.

JOSEPH, c'est vous que nous cherchons.

JOSEPH.

Je suis charmé, Messieurs, de me trouver ici pour vous recevoir. Puis-je vous être de quelque utilité ?

ROWLEY.

Monsieur est la personne dont je vous ai communiqué plusieurs lettres, ce parent de votre mère.

JOSEPH.

M. Stanley, sans doute ?

OLIVIER.

Oui, Monsieur.

JOSEPH.

Donnez-vous la peine de vous asseoir, je vous en prie. Auriez-vous besoin de vous rafraîchir?

OLIVIER, *s'asseyant.*

Non, Monsieur, je vous rends grace. (*à Rowley.*) Cela ne débute pas mal.

ROWLEY, *s'asseyant à côté de lui.*

Attendons la fin.

JOSEPH.

Quoique privé jusqu'à ce moment de l'honneur de votre connoissance, je suis enchanté de vous voir. Je crois, M. Stanley, que vous étiez très proche parent de ma mère.

OLIVIER.

Oui, Monsieur; et si proche parent, que j'ai craint que l'humiliation à laquelle me réduit mon extrême misère, ne rejaillît sur vous-même. C'est un des motifs qui m'a donné la hardiesse de vous importuner.

JOSEPH.

Importuner, Monsieur! Jamais vous ne me serez importun. Tout homme qui est dans la détresse a droit aux bienfaits du riche. Plût au ciel que je le fusse, et que mes facultés me permissent de vous aider de quelques secours!

ROWLEY, *bas.*

Ahi! cela ne va plus si bien.

OLIVIER.

Je suis très connu de votre oncle Olivier; et s'il étoit ici, j'ai lieu de croire qu'il ne m'abandonneroit pas.

JOSEPH.

Vous pouvez être certain que je serois le plus zélé de
vos avocats auprès de lui.

OLIVIER.

Très obligé, mon cher parent; mais, à coup sûr,
je n'en aurois pas besoin; ma misère seule plaideroit
assez en ma faveur. Je m'imaginois pourtant que ses
bienfaits auroient pu vous mettre en état de le repré-
senter vis-à-vis de moi.

JOSEPH.

Dans quelle erreur vous êtes! L'avarice, M. Stanley,
l'avarice est le défaut du siècle où nous vivons. Je sais
bien qu'on dit dans le monde qu'il a été très généreux
à mon égard; mais c'est, je vous l'assure, sans le
moindre fondement.

OLIVIER.

Quoi! jamais il ne vous a fait quelque remise de lin-
gots, de piastres ou de lettres de change?

JOSEPH.

Jamais, jamais. Quelques bagatelles, à la bonne
heure; des porcelaines, des magots et des pétards de la
Chine.

OLIVIER, *bas à Rowley.*

L'ingrat! Et les douze mille pièces que je lui ai
envoyées. (*haut.*) Des porcelaines, dites-vous, des
pétards et des magots.

JOSEPH.

Rien autre chose. Et puis combien n'ai-je pas dépensé
pour mon frère? Si vous saviez, M. Stanley, tout ce
que ses folies me coûtent.

ROWLEY, *bas à Olivier.*

Le compte en seroit bientôt fait.

JOSEPH.

C'est peut-être une foiblesse de ma part ; mais je ne
m'en repens pas. Car , après tout , il est mon frère. Le
seul regret que cette dépense me laisse , c'est de m'avoir
réduit à l'impossibilité de vous être utile.

OLIVIER.

Si bien donc que je ne puis attendre de vous aucun
secours ?

JOSEPH.

Aucun, mon cher Monsieur , je vous le dis avec douleur. Mais si je puis vous rendre quelque autre service,
vous pouvez disposer de moi.

OLIVIER, *se levant*.

Mon cher parent , vous êtes en vérité trop bon.

JOSEPH.

Point du tout, M. Stanley. Dites plutôt que je suis en
ce moment beaucoup plus à plaindre que vous. Car tout
homme qui ressent la plus vive pitié pour le malheur de
son prochain, sans pouvoir le soulager , souffre, à mon
avis, infiniment plus que celui qui demande, et est refusé.

OLIVIER.

Je vous demande pardon de vous avoir fait souffrir.

JOSEPH, *lui pressant les mains entre les siennes*.

Vous vous moquez, mon cher Stanley ; votre visite ,
il est vrai, m'a affecté au dernier point ; mais regardez-
moi, je vous prie , comme le plus dévoué de vos serviteurs.

OLIVIER , *saluant très bas*.

Ah , Monsieur ! c'est moi qui serai toujours le plus
humble et le plus reconnoissant des vôtres.

JOSEPH.

Adieu , mon cher parent , je vous souhaite bien de la

santé et du courage. Permettez que j'aie l'honneur de vous reconduire.

ROWLEY.

Ne vous dérangez pas, nous vous en prions.

OLIVIER.

(*bas.*) Charles, tu seras mon héritier. (*haut.*) Votre serviteur, Monsieur.

SCÈNE III.

JOSEPH, *seul.*

VOYEZ un peu à quoi vous expose la réputation d'homme bienfaisant ! Votre maison n'est jamais remplie que de malheureux qui demandent. Au reste, j'ai assez bien joué mon rôle, et je ne crois pas que le pauvre diable ait lieu d'être mécontent de moi. Mais conçoit-on Rowley ! Il avoit bien à faire... Que me veut-il encore ?

SCÈNE IV.

JOSEPH, ROWLEY.

ROWLEY.

JE reviens sur mes pas. Je viens d'apprendre, en vous quittant, que votre oncle est arrivé des Indes.

JOSEPH.

Mon oncle Olivier ? Il est à Londres. De grace, courez vîte après M. Stanley ; priez-le de revenir.

ROWLEY.

Il est actuellement trop loin. En apprenant cette nouvelle, il s'est hâté d'aller le trouver ; j'aurois peine à le rejoindre.

JOSEPH.

Quel fâcheux contre-temps ! Eh bien ! je vais... Mais non, je ne puis sortir ; j'attends une personne à qui j'ai donné rendez-vous. Mon cher Rowley, faites-moi le plaisir de voir mon oncle de ma part ; présentez-lui mes respects, et dites-lui que je ne tarderai pas à les lui présenter moi-même. Sur-tout, si vous rencontrez Stanley, recommandez-lui bien de ne point parler de la visite qu'il m'a faite.

ROWLEY.

Soyez assuré qu'il n'en parlera pas. Adieu, je vous quitte ; aussi bien, voici compagnie qui vous arrive. (*il salue Caroline et sort.*)

SCÈNE V.

JOSEPH, CAROLINE.

JOSEPH, *affectant la surprise à cause de Rowley.*

CAROLINE ! Eh ! bon Dieu, Madame ! quel bonheur imprévu me procure le plaisir de vous voir ?

CAROLINE.

Comment ! Est-ce qu'André ne vous a pas prévenu de ma visite ?

JOSEPH.

Pardonnez - moi, je me le rappelle actuellement. Mais j'ai tant d'affaires en tête, que j'oubliois la plus chère à mon cœur.

CAROLINE, *s'asseyant.*

Mon cher Joseph, j'ai bien des choses à vous dire. Êtes-vous certain que personne ne puisse nous entendre ?

JOSEPH.

Personne. Je suis seul ici. Parlez sans crainte, et daignez croire que je prends la plus grande part à tout ce qui vous concerne.

CAROLINE.

Je le sais. Aussi est-ce avec une extrême confiance en l'honnêteté de vos sentiments, que j'ai pris sur moi de venir vous voir. Mon cœur a réellement besoin de s'épancher dans le sein d'un ami.

JOSEPH.

Ah, Madame! que ce titre est flatteur pour moi. Les vrais amis sont si rares aujourd'hui.

CAROLINE.

J'espérois au moins en trouver un dans mon mari; mais, hélas! que j'ai été trompée dans mon espoir! C'est le caractère le plus dur, le moins sociable qui soit au monde. Du matin au soir il ne fait que me quereller sans le moindre sujet; et puis il est d'une jalousie... Croiriez-vous qu'il me soupçonne d'entretenir une liaison criminelle avec votre frère?

JOSEPH.

Le monstre! Et qui a pu faire naître de pareils soupçons?

CAROLINE.

Je souhaite me tromper; mais je crains fort que votre amie Arabelle n'ait contribué à répandre ces bruits injurieux à mon honneur.

JOSEPH.

Arabelle, dites-vous! Vous m'effrayez... Si je le croyois, je ne la reverrois de ma vie.

CAROLINE.

Charles aime Sophie; il vient la voir, cela est tout

simple ; et c'est à moi qu'on attribue ses assiduités. Je voudrois de tout mon cœur que mon époux consentît à leur union. Cela imposeroit silence aux médisants ; mais il ne veut pas en entendre parler. Il dit pour raison que c'est vous qu'il lui destine, tandis que vous m'avez dit cent fois que vous n'aviez aucune inclination pour le mariage.

JOSEPH.

Je vous ai dit vrai ; Richard le sait mieux que vous. C'est sans doute uniquement pour vous contredire, qu'il feint de m'honorer de son choix.

CAROLINE.

Ah, Joseph ! quel tourment d'être obligée de vivre avec ce vieillard atrabilaire. Ce qui me console au moins dans mes peines, c'est le témoignage d'une conscience pure et irréprochable.

JOSEPH.

Et voilà justement la cause de tous vos chagrins.

CAROLINE.

Comment cela ?

JOSEPH.

Ecoutez-moi, et vous conviendrez de la justesse de ma réflexion. Pourquoi allez-vous ainsi tête levée, sans craindre la censure du public, et sans lui en imposer par la prudence et la circonspection ? parce que votre conscience ne vous reproche rien. Pourquoi êtes-vous toujours en querelle avec votre mari, et peut-être n'avez-vous pas pour lui certains petits égards, certaines prévenances qui suffiroient pour entretenir la paix dans votre maison ? parce que votre conscience ne vous reproche rien. Croyez-moi, aimable Caroline. Si vous pouviez vous résoudre à altérer un peu cette tranquillité de votre conscience, vous verriez quelle réserve dans votre conduite, quelle douceur dans votre caractère, et conséquemment quelle paix dans votre ménage, quelle considération dans le public vous y gagneriez.

CAROLINE.

Non, Joseph, non. Je me le reprocherois toute ma vie.

JOSEPH.

Ajoutez à cela que vous vous procureriez la douce satisfaction d'une vengeance bien légitime des soupçons injurieux de votre mari.

CAROLINE.

Voilà, je vous l'avoue, une morale absolument neuve pour moi.

JOSEPH.

Je le crois bien. Où auriez-vous pu vous instruire des usages reçus dans la bonne, dans la haute compagnie? Est-ce au village qu'on vous auroit appris qu'il est indispensablement du bon ton, pour une femme jeune et aimable, d'avoir un ami intime, un confident de ses peines et de ses plaisirs, uniquement occupé du soin de diminuer les unes et d'augmenter les autres, en les partageant avec elle?

CAROLINE.

Eh bien! vous êtes si vertueux; soyez cet ami, j'y consens. Mais que cette amitié soit purement fraternelle. Promettez-moi de respecter ces devoirs auxquels je tiens fortement par principes, et dont l'oubli me causeroit des remords éternels.

JOSEPH.

Ah, Madame! qu'exigez-vous de moi? que je me prépare une source de peines et de tourments perpétuels, que je vous aime, que j'ose vous le dire, sans jamais espérer de retour!

CAROLINE.

Me croyez-vous donc assez ingrate, pour ne pas vous aimer également?

JOSEPH.

Eh! si vous m'aimiez, refuseriez-vous de faire le bonheur de ma vie? Ah, Caroline! si vous saviez quelle satisfaction nous procure un amour réciproque? combien il est doux de n'avoir qu'un cœur, qu'une ame, qu'une même façon de penser, de lire son bonheur dans les yeux attendris de l'objet qu'on aime, vous ne me restreindriez pas pour toujours au seul titre d'ami froid et respectueux.

CAROLINE.

Vous, Joseph, un ami froid! Je ne l'ai jamais pensé.

JOSEPH.

Qu'attendez-vous donc pour mettre le dernier sceau à notre union inaltérable? Est-ce un amant plus sincère, plus tendre et plus fidèle? J'ose croire que tout parle en ma faveur. Jeune, riche, je pourrois prétendre à des partis considérables, à la main même de l'aimable Sophie. Je les refuse tous; et pour qui? si ce n'est pour vous seule, pour vous, chère et cruelle Caroline, dont la froide insensibilité me réduit au désespoir.

CAROLINE.

Joseph, ne me tenez point un semblable langage. N'abusez point de l'empire que vous avez sur mon cœur. Défendez-le plutôt contre lui-même; représentez-moi toute l'étendue de mes devoirs envers mon époux, le public et envers moi.

JOSEPH.

Envers votre époux, Madame! envers un homme qui ne vous est uni que par des liens désapprouvés par la nature, dont les barbares procédés, les injustes soupçons réclament une punition trop long-temps différée ! Seroit-ce envers le public, qui vous a calomniée, quoique innocente, et qui ne croira jamais à une vertu qu'il regarde comme imaginaire; vertu qui vous prive des plaisirs faits pour votre âge, et pour récompenser l'amant le plus tendre. Voyez-le à vos pieds, cet amant malheureux, pour qui la vie n'est plus qu'un fardeau pénible, dont vos rigueurs ne tarderont point à le débarrasser.

CAROLINE.

Levez-vous, Joseph, levez-vous. Il m'est impossible de vous voir en cette attitude. Elle me fait trop connoître à quel point je fus imprudente. Mais levez-vous donc ; j'entends quelqu'un. (*Joseph se lève.*)

SCÈNE VI.

JOSEPH, CAROLINE, ANDRÉ.

JOSEPH.

Qui vous a donné ordre d'entrer ici ?

ANDRÉ.

Excusez-moi, Monsieur. J'ai cru devoir vous avertir de l'arrivée de M. Richard.

CAROLINE.

Mon époux ! Ah, ciel ! où fuir, où me cacher ?

JOSEPH.

Ici, tenez, derrière le paravent. (*elle se cache.*) Un livre, vîte, donnez-moi donc un livre.

ANDRÉ.

En voici un, Monsieur.

JOSEPH.

C'est bon. Sortez, et ne laissez plus monter personne.

SCÈNE VII.

RICHARD, JOSEPH; CAROLINE, *cachée.*

RICHARD.

C'EST bien lui, toujours le même, lisant, s'instruisant. (*il l'appelle.*) Joseph, Joseph Surface !

JOSEPH.

Ah, c'est M. Richard ! Quel bonheur de vous voir ! J'étois absorbé dans une lecture ennuyeuse, des mots scientifiques, de grandes phrases qui ne finissent point. J'aime la morale, sans doute ; mais je voudrois qu'elle fût un peu plus ornée des graces du style. A propos de lecture, vous n'avez point vu ma bibliothèque, depuis que je l'ai mise en ordre ; je veux vous la faire voir.

RICHARD.

Ce sera pour un autre moment. Vous ne rêvez que livres, qu'instruction. Tout ici vous y rappelle, jusqu'à ce paravent, qui est couvert du haut en bas de cartes de géographie.

JOSEPH, *se mettant au-devant.*

Oui, il m'est quelquefois fort utile.

RICHARD.

Sans doute. Tout en lisant, vous cherchez quelquefois les objets que vous voulez trouver.

JOSEPH.

Oui. (*bas du côté du paravent.*) Et je cache promptement ceux qu'on ne doit pas voir.

RICHARD.

Ah ça, Joseph, me voici rendu à votre invitation.

JOSEPH.

A mon invitation?

RICHARD.

Oui. Rowley m'a dit que vous desiriez me parler.

JOSEPH.

(*bas.*) Le vieux coquin! (*haut.*) Je ne lui ai pas dit un mot de cela, et je suis fâché de la peine...

RICHARD.

Dites plutôt du plaisir. Je n'en goûte actuellement que dans votre société. Ah, Joseph! si vous saviez tout ce que j'ai à souffrir depuis mon maudit mariage!

JOSEPH, *à Richard, qui va et vient.*

Asseyez-vous, je vous prie. (*il lui fait tourner le dos au paravent.*)

RICHARD.

Il n'y a pas de jour que Caroline ne me donne de nouveaux chagrins. Elle n'aime que la dépense, et dissipe peu à peu mon bien; ce n'est pas là mon plus grand sujet de peine. Mais j'ai en outre de fortes raisons de croire qu'elle n'a nulle amitié pour moi, et qu'elle a formé une inclination ailleurs.

JOSEPH.

Prenez garde, sire Richard. Vos soupçons peuvent être mal fondés.

RICHARD.

Non; et, soit dit entre nous, je pense avoir découvert l'objet de cette inclination.

JOSEPH.

Vous m'alarmez singulièrement. Une pareille découverte m'intéresse plus que vous ne pensez.

RICHARD.

Je n'en doute pas. Entre amis toutes peines sont communes. Eh bien! vous ne devinez pas de qui je veux parler?

JOSEPH.

Non. Ne seroit-ce point votre cher ami Rowley?

RICHARD.

Fi donc! Il est presque aussi vieux que moi. Que pensez-vous de votre frère?

JOSEPH.

Charles! Impossible. Je ne puis croire qu'il pousse l'ingratitude jusqu'à ce point.

RICHARD.

C'est que vous le jugez d'après vous-même. La vertu ne sauroit soupçonner le crime.

JOSEPH.

Vous dites bien vrai. Tout homme qui n'a aucun reproche à se faire, ne croit qu'avec peine à l'infamie des autres.

RICHARD.

L'infamie; c'est le mot. Quoi de plus infâme, en effet, que de vouloir porter le trouble et le déshonneur dans la maison de son tuteur, de son ami! Quelles preuves de tendresse ne lui ai-je pas toujours données? Je lui ai servi de père depuis sa plus tendre jeunesse; et, en toute occasion, il m'a trouvé prêt à l'assister de... mes conseils.

JOSEPH, *un peu plus bas.*

J'ai cependant peine à me persuader que la vertu de Caroline...

RICHARD.

Sa vertu, dites-vous? Eh! que devient la vertu d'une

5

femme contre la flatterie, la séduction, les assiduités d'un jeune homme aimable ? Dernièrement elle me reprochoit de n'avoir encore fait aucune disposition pour lui assurer un sort. Eh bien! pour la mettre dans son tort, je veux l'accabler de bienfaits. Apprenez donc que j'ai fait aujourd'hui deux dispositions en sa faveur. Par l'une, je lui assure huit cents pièces de revenu pendant ma vie ; et, par l'autre, je lui donne tout mon bien après ma mort. (*Caroline fait un geste de repentir et de reconnoissance.*)

JOSEPH.

C'est agir en galant homme.

RICHARD.

Je ne veux pas qu'elle le sache encore.

JOSEPH, *bas.*

Elle ne le sait que trop. Maudite confidence!

RICHARD.

Je veux auparavant éclaircir ce que je soupçonne, et je la veillerai de si près... Mais c'est assez vous parler de moi. Actuellement que j'ai soulagé mon cœur, parlons un peu de vos affaires avec Sophie.

JOSEPH.

Paix donc, Monsieur, paix donc. Ce n'est pas là le moment.

RICHARD.

Pourquoi cela ?

JOSEPH.

Le récit de vos chagrins m'a tellement affecté, que je n'ai pas le courage de rien entendre. Car tout homme qui s'occupe de ses plaisirs quand son ami est dans la peine...

RICHARD.

Allons donc. C'est pousser la sensibilité trop loin. Vous m'avez dit cent fois que vous aimiez passionné-ment Sophie. (*mouvement de surprise de Caroline.*)

JOSEPH.

De grace , mon cher tuteur.

RICHARD.

Que signifie ce mystère ? Vous ne voulez pas vous en ouvrir à Caroline, et vous avez tort. Elle n'est pas votre ennemie, comme vous le pensez ; et c'est absolument votre faute , si vos espérances pour ce mariage ne sont pas plus avancées.

JOSEPH.

Encore une fois , Monsieur , changeons d'entretien. Car tout homme qui... (*André entre.*) Eh bien ! que voulez-vous encore ?

SCÈNE VIII.

JOSEPH, RICHARD , ANDRÉ, CAROLINE, *cachée.*

ANDRÉ.

MONSIEUR votre frère est au bas de l'escalier causant avec un de ses amis. Le laisserai-je entrer au salon ?

JOSEPH.

Non. Dites-lui que je suis en affaires.

RICHARD.

Laissez-le venir ; j'ai mes raisons pour cela. André , vous lui direz que Joseph est ici ; mais ne parlez pas de moi.

ANDRÉ.

C'est bon , Monsieur.

SCÈNE IX.

JOSEPH, RICHARD, CAROLINE, *cachée.*

RICHARD.

Je vais me cacher quelque part pour entendre votre conversation. Tâchez de la faire tomber sur Caroline, et de lui tirer son secret.

JOSEPH.

Fi donc, sire Richard! vous voulez que je trame une trahison contre mon frère.

RICHARD.

S'il est innocent, ce sera pour lui une occasion de se justifier et de me rendre parfaitement heureux. Je crains qu'il ne vienne... Où me cacherai-je?... Derrière ce paravent?... Ahi! la place est déjà prise... J'ai vu un jupon, je vous le jure.

JOSEPH, *s'efforçant de rire.*

Ah! ah! ah! c'est bien la chose la plus plaisante. Ecoutez, mon cher tuteur, quoique je déteste toute intrigue, et que je m'appelle Joseph, il ne faut pas croire que je le sois dans toute la force du terme.

RICHARD.

Oui dà! eh bien!

JOSEPH, *bas à Richard.*

C'est une petite marchande de modes qui vient parfois me rendre visite, et qui, ayant une réputation à ménager, s'est cachée quand vous êtes venu.

RICHARD.

C'étoit donc là ce livre de morale! Mais elle n'étoit pas tout-à-fait si ennuyeuse. Allons, allons, je n'en dirai mot; mais cachez-moi autre part.

JOSEPH.

Entrez dans ce cabinet. Vous entendrez tout ce que nous dirons.

RICHARD, *caché, et passant sa tête.*

Mais, à propos, la petite marchande de modes aura aussi entendu tous mes secrets.

JOSEPH.

Ne craignez rien. C'est la discrétion même. Cachez-vous donc. Le voici.

SCÈNE X.

CHARLES, JOSEPH, RICHARD et CAROLINE, *cachés.*

CHARLES.

Qu'est-ce donc que cela veut dire, Joseph? André me fait mille raisons pour me dissuader d'entrer ici. Est-ce que vous avez quelque juif, ou quelque intrigante avec vous?

JOSEPH.

Ni l'un ni l'autre, mon frère. S'il en vient quelquefois, vous savez bien que ce n'est pas pour mon compte.

CHARLES.

Où donc est notre grave tuteur? Je le croyois ici.

JOSEPH.

Il y étoit effectivement; mais il en est sorti, quand il a su que vous arriviez.

CHARLES.

Ah! ah! est-ce que ma présence lui fait peur? Et s'imagine-t-il que j'ai envie de lui emprunter de l'argent?

JOSEPH.

Non, mon frère; mais si ce qu'il soupçonne est vrai, il a raison de vous en vouloir.

CHARLES.

De quoi s'agit-il encore ? Voyons.

JOSEPH.

On lui a dit que vous cherchiez à séduire Caroline, et à lui inspirer de l'éloignement pour son digne et respectable époux.

CHARLES.

Digne et respectable tant qu'il vous plaira. Il me soupçonne très injustement. Caroline est, sans contredit, bien digne d'être aimée. Mais je n'ai jamais eu la moindre idée sur elle, et mon cœur est tout entier à l'aimable Sophie.

JOSEPH.

Je suis enchanté de ce que vous me dites, et j'étois d'avance très porté à le croire. D'après les obligations que vous avez à Richard, je n'ai jamais pu penser que vous fussiez coupable d'une pareille bassesse. Car tout homme qui...

CHARLES.

Trève de réflexion, je vous prie. Mais vous-même qui parlez, n'est-ce pas vous plutôt qu'il devroit soupçonner ? Je ne sais ; mais j'ai cru m'appercevoir que vous n'étiez pas tout-à-fait mal avec elle.

JOSEPH.

Moi !

CHARLES.

Vous-même. J'ai remarqué souvent entre vous deux des signes, des clins d'œil, des serremens de main...

JOSEPH.

Fi donc, mon frère ! Pour qui me prenez-vous ?

CHARLES.

Joseph, on ne me trompe pas aisément sur cet article ; et vous rappelez-vous ce certain jour où je vous ai vu tous les deux tête à tête...

JOSEPH, *lui fermant la bouche.*

Paix donc, maudit bavard ; Richard entend tout ce que vous dites.

CHARLES.

Richard ! où est-il ? (*Joseph lui fait signe.*) Ah! ah ! dans ce cabinet ! Sortez de votre cachette, monsieur l'espion , et paroissez sur la scène.

RICHARD.

Donnez-moi votre main, brave jeune homme ; ce que je viens d'entendre m'a fait le plus grand plaisir.

CHARLES.

Vous êtes fort heureux de n'en avoir pas entendu davantage; et si Joseph ne m'eût pas dit que vous étiez là...

RICHARD.

Quoi ! c'est lui qui m'a découvert ! (*bas.*) Il faut que je me venge. (*haut.*) Il me semble , en effet , que vous vouliez lui imputer les mêmes griefs dont je vous croyois coupable. (*bas à Charles.*) Regardez derrière le paravent.

CHARLES.

Peut-être n'avois-je pas si grand tort. (*bas à Richard.*) Que dites-vous donc de ce paravent ?

RICHARD, *bas à Charles.*

Une petite marchande de modes derrière. (*haut.*) Mais je suis trop certain de la vertu de Joseph... pour ne pas éloigner des soupçons... qui lui seroient injurieux. (*pendant cette phrase, qu'il dit en regardant Charles du coin de l'œil, celui-ci s'approche du paravent , et le déploie aux yeux des spectateurs.*)

CHARLES.

Caroline !

RICHARD.

Ma femme!

CHARLES.

Mon cher tuteur, voilà bien la plus jolie petite marchande de modes, que j'aie jamais vue. Mais, dites-moi
donc, qu'est-ce que tout cela veut dire ? Le mari caché
d'un côté, la femme de l'autre ! Qui est-ce que l'on
trompe ici ? Madame, voudriez-vous nous expliquer ce
mystère ?... Pas le mot. Ce sera donc vous, Joseph. Non.
La morale est à quia. Eh bien ! quoique vous ne disiez
mot, ni les uns, ni les autres, je pense que vous vous
entendez parfaitement. Ainsi, je vous laisse. (*allant à*
Joseph.) Mon frère, j'ai peine à croire que vous soyez
capable d'une pareille bassesse... (*allant à Richard.*)
Et vous, mon cher tuteur, la vertu de Joseph vous est
trop connue, pour que vous n'éloigniez pas des soupçons... Ah ! ah ! ah ! (*il sort en riant.*)

SCÈNE XI.

RICHARD, JOSEPH, CAROLINE.

JOSEPH.

MONSIEUR, quoique les apparences soient contre
moi, si vous daignez m'entendre, j'espère éclaircir le
tout à votre satisfaction.

RICHARD.

Parlez, je vous écoute.

CAROLINE.

Que va-t-il lui dire ?

JOSEPH.

Caroline, votre femme, présumant que je pouvois
avoir certaines prétentions sur le cœur de Sophie... et
connoissant d'ailleurs... c'est toujours Caroline dont je

parle ; connoissant, dis-je, votre humeur un peu jalouse, et voulant s'expliquer avec moi sur ces prétentions... Caroline donc... oui, je dis bien, Caroline voulant, comme je vous le disois, s'expliquer sur ce que je viens de vous dire... et ne faisant que d'entrer quand vous êtes venu, s'est avisée d'elle-même, vu cette humeur jalouse, de se cacher derrière le paravent. Voilà l'explication claire et précise de toute cette affaire.

RICHARD.

Effectivement. Voici une explication bien claire ! Et je parie que Madame la certifiera dans tous ses points.

CAROLINE.

Je dirai qu'il n'y a pas un seul mot de vrai.

JOSEPH, *bas à Caroline.*

Juste ciel, Madame! vous nous perdez.

CAROLINE.

Laissez-moi parler, monsieur l'hypocrite ; je saurai bien m'expliquer toute seule.

RICHARD.

Oui, oui, laissez-la dire ; elle sait mieux composer une histoire que vous.

CAROLINE.

Si je suis venue ici, ce n'étoit point pour m'expliquer au sujet de ses prétentions sur Sophie. Je les ignorois absolument. Mais j'y suis venue séduite et attirée par ses artifices, pour entendre de sa bouche une déclaration formelle de son amour pour moi.

RICHARD.

Je commence à croire qu'elle dit vrai.

JOSEPH.

A coup sûr, Madame est devenue folle.

CAROLINE.

Au contraire, elle a recouvré sa raison. Richard, croyez-moi, si vous le voulez ; mais je puis vous assurer que les preuves de tendresse que vous venez de me donner, sans savoir que je vous entendois, se sont gravées si avant dans mon cœur, que quand bien même j'aurois pu échapper à cette humiliante découverte, ma conduite à l'avenir vous auroit convaincu de mon repentir sincère. Quant à l'homme faux qui ne songeoit qu'à séduire la femme de son crédule ami, tandis qu'il affectoit devant lui des vues honorables pour sa nièce, il est devenu si méprisable à mes yeux, que je ne me pardonnerai jamais d'avoir pu l'écouter un seul instant.

JOSEPH.

Sire Richard, malgré tout ce que Caroline vient de dire, le ciel m'est témoin...

RICHARD, *donnant la main à Caroline.*

Que vous êtes un lâche et un infâme hypocrite. Méditez à loisir sur cet adieu que je vous fais.

JOSEPH, *l'arrétant.*

Non, Monsieur, vous ne me quitterez pas sans m'entendre ; car tout homme qui ferme l'oreille à la conviction...

RICHARD.

Oh ! tout homme qui, tout homme qui... Allez au diable avec vos sentences. (*il sort avec Caroline ; Joseph les suit parlant toujours.*)

FIN DU TROISIÈME ACTE.

ACTE IV.

SCÈNE PREMIÈRE.

ARABELLE, ANDRÉ.

ANDRÉ.

J'AI l'honneur de vous dire, Madame, qu'ils n'y sont ni l'un ni l'autre.

ARABELLE.

Eh bien! je vais les attendre. Il faut absolument que je leur parle pour affaires d'importance.

ANDRÉ.

Quelque histoire scandaleuse, je gage. (*Arabelle se retourne.*) Tout comme il vous plaira, Madame ; vous pouvez les attendre. (*il sort.*)

SCÈNE II.

ARABELLE.

Il n'y a rien de tel dans ces sortes d'événements , que de remonter à la source même, et de s'adresser aux témoins oculaires. Je ne sais pas la moitié des circonstances ; et avant de faire insérer cette anecdote dans les papiers, il est à propos que j'en connoisse tous les détails. Et puis, quel plaisir d'aller de maisons en maisons raconter cette nouvelle du jour... Il est tard , et ils ne reviennent point... Mais j'entends quelqu'un... Bon! c'est encore cette éternelle bavarde.

SCÈNE III.

ARABELLE, BIBIANE.

ARABELLE.

Eh! bonjour donc, ma chère Bibiane. Vous savez sans doute la nouvelle ?

BIBIANE.

Oui, et je viens m'en informer au plus juste.

ARABELLE.

Cette pauvre Caroline! Voilà une terrible affaire contre elle.

BIBIANE.

C'en est fait. Elle est perdue de réputation. J'en suis fâchée , quoique je lui aie toujours trouvé l'air un peu étourdi.

ARABELLE.

Oui ; et cette façon de se mettre, cette coquetterie , ces yeux languissants, ces soupirs affectés. Elle semble dire à tous les hommes : Regardez-moi, plaignez mon sort d'avoir un vieux mari, et daignez être les consolateurs de mon veuvage prématuré.

BIBIANE.

Ce qui m'étonne le plus, c'est ce jeune homme, que j'aurois pris pour la sagesse même, avec ses éternelles sentences.

ARABELLE.

Ses sentences ! Qui ? Charles Surface ?

BIBIANE.

Eh non; je parle de Joseph. C'est lui qui étoit le galant.

ARABELLE.

Point du tout. Vous êtes mal informée. C'étoit son frère Charles, et c'est Joseph qui les a fait découvrir.

BIBIANE.

Ah! pour le coup, j'aime bien que vous me contestiez ce fait, tandis que je le tiens d'une personne...

ARABELLE.

Et moi d'une autre, qui l'a entendu raconter à quelqu'un qui venoit de l'apprendre...

BIBIANE.

Au reste, ce n'est point là l'essentiel. Ce qui m'inquiète le plus, c'est la blessure de Richard. Je crains qu'elle ne soit mortelle.

ARABELLE.

Sa blessure, dites-vous! Est-ce qu'il est blessé? Se seroient-ils battus? Je ne sais pas un mot de cela.

BIBIANE.

Et vous ne savez rien. Oh bien donc, je vais vous l'apprendre. Richard, comme vous savez, soupçonnoit depuis long-temps sa femme de vivre en bonne intelligence avec Charles Surface.

ARABELLE.

Charles! Vous voyez bien que c'est Charles?

BIBIANE.

Eh non. Laissez-moi dire jusqu'au bout. Richard donc vient ici pour voir Joseph, et lui communiquer ses soupçons sur son frère. Qui trouve-t-il en arrivant? Personne. Il alloit s'en retourner, quand malheureusement il entend quelqu'un éternuer. Alors mon vieillard cherche, et trouve derrière le paravent Joseph et Caroline se cachant le plus qu'ils pouvoient. Qui fut bien honteux ? ce fut notre philosophe. Caroline s'en prit à ses yeux, et se jeta en pleurant aux genoux de Richard ; mais lui, la repoussant rudement, et s'adressant à Joseph : « Misérable, lui dit-il, voilà donc la récompense « de tous mes bienfaits ! Un pareil affront ne peut se laver « que dans ton sang ». Aussi-tôt il met l'épée à la main, Joseph en fait autant, Caroline s'évanouit, nos deux champions se battent ; et Joseph, en voulant se défendre contre son tuteur, lui plonge son épée entre les deux premières côtes.

SCÈNE IV.

ARABELLE, BIBIANE, BANNAL.

BANNAL.

Un coup de pistolet, Madame ; c'étoit au pistolet.

ARABELLE.

Ah ! voici Bannal. Nous allons savoir l'affaire au plus juste.

BIBIANE.

Je vous dis qu'ils se sont battus à l'épée.

BANNAL.

Au pistolet, vous dis-je. Richard a tiré le premier et a manqué son coup. Joseph n'a pas manqué le sien, et lui a logé une balle dans le thorax.

ARABELLE.

Joseph, dites-vous ? Ce n'étoit donc point Charles ?

BANNAL.

Non, Madame ; c'étoit Joseph.

ARABELLE.

Le misérable ! il a détruit toutes mes espérances.

BIBIANE.

Moi, je soutiens toujours que c'est un coup d'épée.

BANNAL.

La preuve, Madame, que c'étoit au pistolet, c'est que Joseph et Caroline étoient prêts à monter en voiture, les pistolets chargés pour le voyage.

ARABELLE.

En voiture! Pour aller où?

BANNAL.

Pour aller à Douvres, et là s'embarquer pour Calais. Est-ce que vous ignoriez cela?

ARABELLE.

Oh! oh! ceci devient différent. Je ne savois point cette circonstance.

BIBIANE.

Un rapt, M. Bannal! un rapt! L'affaire est des plus criminelles.

BANNAL.

Joseph donc, comme je vous l'ai dit, lui loge sa balle dans le thorax. Celle de Richard frise l'oreille de Joseph, brise une porcelaine en passant, va frapper le coin de la fenêtre, qui la renvoie à angle droit sur le facteur de la petite poste, qui lui apportoit une lettre de Peccadilly, et le blesse dangereusement.

ARABELLE.

Eh bien, ma chère! voilà ce qu'on appelle des détails! Je crois que vous ne doutez plus d'un récit aussi bien circonstancié.

BIBIANE.

Je tiens toujours pour l'épée; et jusqu'à ce que j'aie vu Richard lui-même... Mais voici quelqu'un. Ah! c'est sans doute son médecin, car je l'ai vu entrer plusieurs fois aujourd'hui dans sa maison.

ARABELLE.

Son médecin ! C'est bon ; nous allons tout savoir.

SCÈNE V.

ARABELLE, BIBIANE, BANNAL, OLIVIER.

BIBIANE.

Eh bien, Docteur ! comment va votre malade ?

ARABELLE.

Espérez-vous le tirer de là ?

BANNAL.

J'aime à croire que sa blessure n'est pas mortelle.

BIBIANE.

N'est-ce pas, Docteur, que c'est un coup d'épée entre les côtes?

BANNAL.

Eh non, encore une fois ; il vous dira que c'est une balle de pistolet dans le thorax.

ARABELLE.

Eh bien ! qu'en dites-vous, monsieur le Docteur ?

TOUS TROIS, *le poussant.*

Parlez ; de grace, répondez.

OLIVIER.

Doucement donc, bonnes gens, doucement. Est-ce que vous êtes tous échappés de l'hôpital des fous? Un coup d'épée entre les côtes, une balle de pistolet dans le thorax ! De qui parlez-vous, que demandez-vous, et qui diable êtes-vous ?

BIBIANE.

Vous n'êtes donc pas son médecin ?

OLIVIER.

Le médecin de qui?

BIBIANE.

De Richard.

OLIVIER.

Ah! c'est de Richard qu'il est question. Non, Mesdames, je ne suis pas médecin.

ARABELLE.

C'est-à-dire que vous n'êtes qu'un ami particulier. En ce cas, vous pouvez nous dire comment va sa blessure.

OLIVIER.

Tenez. Il vous le dira mieux que moi; car le voici lui-même.

SCÈNE VI.

Les précédents, RICHARD, ROWLEY.

OLIVIER.

Mon cher ami, êtes-vous fou de vous promener en l'état où vous êtes? Comment! avec un coup d'épée dans le corps, et une balle de pistolet dans le thorax, vous n'êtes pas au lit! Allez vous coucher, allez donc vîte.

RICHARD.

Un coup d'épée, une balle de pistolet! Qu'est-ce que cela veut dire?

OLIVIER.

Demandez-le à ces braves gens, qui vous tuent sans autre forme de procès, et veulent faire de moi votre médecin, pour me mettre sans doute au nombre de leurs complices.

6

ARABELLE.

Nous sommes enchantés, Monsieur, que l'histoire du duel se trouve fausse.

BIBIANE.

Et très fâchés d'ailleurs de celle du paravent.

RICHARD.

Ah! c'est-à-dire que cette histoire est déjà celle de toute la ville.

ARABELLE.

Oui, Monsieur; mais on vous plaint bien sincère-ment. Un mari qui se voit trahi à soixante ans par une jeune femme de dix-huit, cela fait pitié!

RICHARD.

Allez vous promener, avec votre pitié.

BIBIANE.

De l'aigreur, de la colère! Fi! cela n'est pas bien.

ARABELLE.

A votre place, moi, Monsieur, je me vengerois de ma femme, en faisant ma cour à de vieilles filles, ou à des veuves abandonnées.

RICHARD.

Ah ça, Mesdames, nous avons autre chose à faire que d'entendre vos sornettes. Voudriez-vous bien nous céder la place?

ARABELLE.

Quel droit avez-vous de nous renvoyer? Cette maison est-elle à vous?

OLIVIER.

Elle est à moi, Mesdames.

ARABELLE.

A vous, Monsieur?

OLIVIER.

Encore une fois, je suis ici chez moi ; et j'espère...

ARABELLE.

Eh bien ! nous partons ; et ce dernier incident ne sera pas le plus mauvais de l'aventure.

BIBIANE.

Non, sûrement ; et nous dirons par-tout avec quelle douceur Monsieur reçoit les compliments de condoléance qu'on veut bien lui faire. (*elles sortent en riant.*)

SCÈNE VII.

OLIVIER, RICHARD, ROWLEY, BANNAL.

ROWLEY, *à Bannal*, *qui veut sortir.*

RESTEZ ici , Bannal, j'ai deux mots à vous dire.

BANNAL.

Monsieur, me voici prêt à vous entendre.

ROWLEY.

Je savois bien , M. Bannal , que les instructions que vous m'avez données me seroient fort utiles. Déjà , grace à vos bons avis, l'hypocrisie de Joseph est démasquée, la paix et l'union rétablie entre Caroline et son mari. Mais cela ne suffit pas. Il faut encore que vous m'aidiez à rétablir celle entre Charles Surface et miss Sophie ; que vous me disiez par quels motifs elle refuse toute visite, toute explication de la part de Charles , quoiqu'elle l'aime toujours. Choisissez donc sur-le-champ... Vingt-cinq guinées pour vous, si vous me satisfaites, ou vingt-cinq... Vous m'entendez.

BANNAL.

Assurément, Monsieur. Le choix n'est pas difficile ; et vous vous expliquez si clairement... Mais cet aveu que vous exigez est un peu scabreux, et je voudrois savoir au moins devant qui...

ROWLEY.

Ne craignez rien ; Monsieur est l'oncle des deux jeunes gens, nouvellement arrivé de l'Inde.

BANNAL.

Ah ! c'est M. Olivier... En ce cas là, un seul mot éclaircira le tout à votre satisfaction.

RICHARD.

Fort bien. Attendez-moi ici. Je vais chercher ma femme et ma nièce. Charles et Joseph vont venir pour recevoir leur oncle, qu'ils ne connoissent pas encore. Cachez-vous dans ce cabinet. Je veux qu'après avoir servi à ma confusion, il serve à celle de ce vil Tartuffe. Déjà j'entends la voix de Joseph. Je me sauve. Cachez-vous vîte. (*Bannal entre dans le cabinet.*)

ROWLEY, *à la porte du cabinet.*

Vous ne sortirez que quand je vous appellerai.

SCÈNE VIII.

OLIVIER, ROWLEY, JOSEPH.

JOSEPH.

Encore ici, M. Stanley ?

OLIVIER.

Oui, mon cher parent. J'ai appris que votre oncle Olivier devoit se rendre chez vous. Je viens pour le voir, et lui exposer mon infortune.

JOSEPH.

Cela ne se peut pas pour le moment. De grace, laissez-nous. Venez demain, venez; je vous promets de vous rendre service.

OLIVIER.

Demain, à la bonne heure. Je viendrai pour vous. Aujourd'hui, c'est pour Olivier que je viens, et je resterai pour l'attendre.

JOSEPH.

Encore une fois, vous ne pouvez rester. Rowley, je vous prie, emmenez-le.

OLIVIER.

Décidément, il faut que je reste.

JOSEPH, *le poussant.*

Décidément, il faut que vous sortiez.

SCÈNE IX.

OLIVIER, ROWLEY, JOSEPH, CHARLES.

CHARLES.

Qu'est-ce donc? Voici bien du tapage. Ah! c'est mon homme aux tableaux. Eh bien, Joseph! pourquoi rudoyer ainsi un de mes meilleurs amis, le bon Barnabé?

JOSEPH.

Je ne sais ce que vous voulez dire. Mais ce que je sais, c'est que nous attendons ici mon oncle Olivier, et M. Stanley, que voici, veut absolument rester pour le voir.

CHARLES.

Stanley, lui? Il s'appelle Barnabé.

JOSEPH.

Point du tout; son nom est Stanley... Au reste, qu'il

s'appelle comme il voudra, il ne sauroit rester ici. (*il le pousse.*)

CHARLES, *le poussant aussi.*

Mon frère a raison. Sortez, je vous prie, M. Barnabé...

OLIVIER.

Messieurs, Messieurs, ce n'est pas ainsi qu'on en agit...

SCÈNE X.

Les précédents, RICHARD, CAROLINE, SOPHIE.

RICHARD.

Que vois-je, juste ciel? mon vieil ami, mon cher Olivier, que ses deux indignes neveux maltraitent ainsi à sa première visite.

CAROLINE.

Il étoit temps que nous vinssions à votre secours.

CHARLES, *s'avançant sur le bord du théâtre.*

Nous sommes perdus.

OLIVIER.

O mes amis, voyez-le devant vous, cet aîné des enfants de mon frère. Vous savez ce que j'ai fait pour lui, avec quel plaisir je lui destinois la moitié de mes biens. Jugez donc de ma surprise et de ma douleur, en ne trouvant chez lui que mauvaise-foi, dureté et ingratitude.

RICHARD.

J'aurois lieu d'en être surpris, si je ne le connoissois déjà pour le plus fourbe, le plus scélérat et le plus hypocrite de tous les hommes.

CHARLES, *bas.*

Si c'est ainsi qu'on arrange l'honnête philosophie, que diront-ils donc de moi tout-à-l'heure?

OLIVIER.

Quant à ce libertin...

CHARLES, *bas.*

Voici mon tour. Ces maudits portraits de famille vont me perdre.

JOSEPH.

Mon oncle, voudriez-vous me faire l'honneur de m'entendre ?

CHARLES, *bas.*

Bon! Si Joseph entame une de ses longues harangues, j'aurai tout le temps de me remettre.

RICHARD.

Vous espérez sans doute vous justifier devant nous ?

JOSEPH.

J'ose dire que je le puis.

OLIVIER.

Vous ? laissez-moi ! (*il lui tourne le dos, et s'adresse à Charles.*) Et vous, Monsieur, n'espérez-vous pas aussi vous justifier ?

CHARLES.

Non pas, que je sache.

OLIVIER.

Quoi donc ? Est-ce que le petit Barnabé seroit un peu trop avant dans vos secrets ?

CHARLES.

Cela se pourroit bien. Mais, en tous cas, ce sont des secrets de famille, qui ne doivent pas aller plus loin.

ROWLEY.

Allons, allons. Je parie, Monsieur, qu'en vous rappelant ses folies, vous avez peine à en conserver aucun ressentiment.

OLIVIER.

Et même à garder mon sérieux. Croiriez-vous, mon cher Richard, que ce jeune drôle m'a vendu toute la collection de ses ancêtres, oncles, tantes, officiers-généraux, membres du parlement, tous pièce à pièce, comme il auroit vendu de la vieille porcelaine? (*Pendant cette phrase, Charles rit derrière son chapeau.*) Voyez-le; il rit encore.

CHARLES.

Mon cher oncle, je puis vous assurer, sur mon honneur, que si je n'ai point l'air humilié de vos justes reproches, c'est que je ne suis occupé dans ce moment-ci que du plaisir de voir et d'embrasser mon généreux bienfaiteur. (*il lui saute au cou.*)

OLIVIER.

Charles, je vous pardonne. Cette figure hétéroclite du tableau vous a reconcilié avec moi.

CHARLES.

Je n'en ai que plus de reconnoissance pour l'original.

ROWLEY.

Vous n'êtes pas le seul, Monsieur, avec qui Charles desireroit faire sa paix. Voyez-vous cette jeune personne qui ne dit mot?

OLIVIER.

J'ai déjà entendu parler du sentiment qui les unit; et si je dois en juger par la rougeur qui vient de colorer ses joues... (*Sophie baisse les yeux.*)

RICHARD.

Eh bien, Sophie! est-ce que vous avez perdu l'usage de la parole?

SOPHIE.

Ce que j'ai à dire se réduit à peu de chose: Que Charles

soit heureux, je le desire. Autrefois, il est vrai, j'ai eu quelques droits à son amitié ; mais je les lui rends aujourd'hui, et les cède à qui peut les réclamer plus légitimement que moi.

RICHARD.

Que signifie donc ce mystère ?

ROWLEY.

Il y a ici certaine personne qui pourra l'éclaircir. Paroissez, M. Bannal ; venez confondre le mensonge et l'imposture. (*Bannal sort du cabinet.*)

JOSEPH, *bas.*

Juste ciel ! c'est lui-même ! (*haut.*) Vous savez bien, Monsieur...

BANNAL.

Oui, je sais qu'Arabelle et vous m'avez généreusement payé, pour contrefaire l'écriture de votre frère dans cette fausse promesse de mariage, que l'on a montrée ce matin à miss Sophie.

SOPHIE.

Ah, dieux !

BANNAL.

Mais ces messieurs m'ont payé encore plus généreusement que vous, pour dire la vérité ; et je l'adjuge en ce moment au plus offrant et dernier enchérisseur. (*Joseph reste abattu.*)

RICHARD.

Te voilà donc justement confondu, méprisable hypocrite ! Après avoir voulu séduire la femme de ton tuteur, chassé inhumainement l'indigence suppliante, tu t'abaisses jusqu'au vil métier de faussaire ! Fi ! tu n'es pas digne de vivre.

OLIVIER.

Pour moi, je le renie dès ce moment pour mon neveu. Il n'aura pas de moi un seul schelling. (*montrant Charles.*) Voilà mon unique héritier.

JOSEPH, *se jetant à genoux.*

Monsieur, je ne puis supporter le poids de votre colère. Je sais combien je suis coupable ; je ne chercherai pas même à m'excuser, en disant que, séduit par Arabelle...

RICHARD.

Alte-là, vil imposteur ! Est-ce Arabelle qui t'a empêché de prévenir aujourd'hui la détention de ton frère ? Je t'avois chargé de l'en avertir, tu ne l'as point fait ; et ta malice seule l'a conduit en prison.

CHARLES.

Mon cher tuteur, mon cher oncle, que son repentir vous touche. Pardonnez-lui, ainsi que moi, des fautes qui pourroient trouver une sorte d'excuse dans l'amour que lui inspiroit l'aimable Sophie.

OLIVIER.

De l'amour, lui ! Un cœur tel que le sien est incapable d'en ressentir. La cupidité seule a dirigé toutes ses démarches.

JOSEPH, *se levant.*

Seul contre tous, l'unique parti que j'aie à prendre, est une sage retraite. Messieurs, votre serviteur. Bannal, je vous retrouverai en temps et lieu. (*il sort.*)

BANNAL.

Il faut que je le suive. Ce maudit écrit, qu'Arabelle a a entre les mains, m'inquiète.

OLIVIER.

Tenez, voici un billet de banque de la somme que nous vous avons promise.

BANNAL.

Oserai-je vous prier de m'accorder encore une grace?

OLIVIER.

Laquelle?

BANNAL.

C'est de ne parler de cette aventure à qui que ce soit.

RICHARD.

Est-ce que vous auriez honte d'avoir fait une bonne action dans votre vie?

BANNAL.

Daignez considérer que ma réputation seule me fait vivre. Si l'on sait ce que je viens de faire, je perds mon crédit, et tous les amis que j'ai au monde. (*il sort.*)

SCÈNE XI.

OLIVIER, RICHARD, ROWLEY, CHARLES, CAROLINE, SOPHIE.

RICHARD.

Ne craignez rien ; nous ne serons jamais tentés de faire votre éloge. Actuellement, je pense qu'il n'y a plus d'obstacles à une sincère réconciliation entre ces deux jeunes gens.

OLIVIER.

D'obstacles, dites-vous ! J'entends que leur mariage se fasse dès demain.

COLLECTION

des Pièces du Théâtre des Variétés-Etrangères, *qui se vendent chez* ANTOINE-AUGUSTIN RENOUARD, *libraire, rue Saint-André-des-Arcs, n° 55.*

En 5 actes.

Les deux Klingsberg, ou Avis aux Vieillards, *Kotzebue.*
Les Négociants, *Goldoni.*

En 4 actes.

Les Libellistes, *De Beaunoir.*
L'Illuminé, ou le Nouveau Cagliostro, *Sôden.*
L'Epigramme, ou les Dangers de la Satire, *Kotzebue.*
Célestine, ou Amour et Innocence, *Sôden.*
L'Hotelier de Milan, *Antonio de Solis.*
L'Ecole de la Médisance, *Sheridan.*

En 3 actes.

L'Officier Suédois, *Kotzebue.*
Le Mari d'autrefois, *Kotzebue.*
Aurore, ou la Fille de l'Enfer, *Sôden.*
Les Parents, *Kotzebue.*
La Guerre et la Paix, *Goldoni.*
Le Spectre, *Lewis.*
Le Créancier, *Richter.*

En 2 actes.

A quoi cela tient, *Garrick.*
La Fille de quinze ans, *Garrick.*
Le Schall, *Ramback.*
Les Chaises à Porteurs, *Junger.*
Les Folles raisonnables, *Farquhar.*
Les Mœurs de Londres, ou le Bon ton anglois, *Garrick.*
L'Enlevement singulier, *Steigentesch,* ou *Dalberg.*

En un acte.

Le Mari hermite, *Kotzebue.*
La Contribution de guerre, *Kotzebue.*
La Famille des Badauds.
Le Petit Cousin, *Kotzebue.*
C'étoit Moi, *Kotzebue.*
Le Droit de Naufrage, *Kotzebue.*

La Collection peut se relier en 4 volumes *in-8°.*

On trouve chez le même Libraire :

Théâtre de Schiller, traduit de l'allemand, 2 vol. *in-8°.*　　9 fr.

Théâtre d'Alex. Soumarocow, trad. du russe, 2 vol. *in-8°.* avec une belle gravure de *Moreau* jeune.　　8 fr.

La Mort de Henri IV, tragédie; par *G. Legouvé,* avec un beau portrait de Henri IV, *in-8°.*　　2 fr.

La même, en grand papier vélin,　　7 fr. 50 c.

L'Avide Héritier, Comédie en trois actes; par *Jouy, in-8°.* 1 fr. 25 c.

Théâtre François, ou Recueil de Comédies choisies. *Utrecht,* 1748, 12 jolis vol. *in-12,* bien imprimés,　　24 fr.

Entretiens de Phocion, par *Mably, in-18,* pap. fin, tête antique sur le titre,　　1 fr. 35 c.

Les mêmes, *in-12,* pap. vélin, portrait de Mably,　　5 fr.

La Mort d'Abel, *in-18,* avec une gravure,　　1 fr. 25 c.

— Avec 6 gravures,　　2 fr. 25 c.

— *In-12,* pap. vélin, 17 gravures,　　9 fr.

The Vicar of Wakefield, 1 vol. — Sterne's Sentimental Journey, 1 vol. — *In-18,* pap. fin : chacun　　1 fr. 25 c.

Les mêmes, *in-12,* pap. vélin, avec 6 figures, chacun 5 fr. 25 c.

Morceaux choisis de Buffon, *in-18,* pap. fin,　　1 fr. 80 c.

Les mêmes, *in-12,* pap. vélin, portrait de Buffon,　　6 fr.

Œuvres de Gustave III, roi de Suède. *Stockholm,* 5 vol. grand *in-8°.* pap. vélin, avec belles gravures,　　45 fr.

Robinson, nouv. édit. abrégée, 2 vol. *in-18,* fig.　　1 fr. 50 c.

Extraits poétiques et moraux, *in-18,* pap. fin,　　1 fr. 80 c.

En papier vélin,　　3 fr. 75 c.

Esprit de l'Institut des filles de Saint-Louis, par madame de Maintenon, *in-12,* pap. fin, avec son portr. d'après Mignard, 1 fr. 80 c.

En pap. vélin,　　3 fr. 75 c.

L'Institution des Enfants, ou Distiques latins de Muret, avec la traduction en vers, en quatre langues, *in-12,* broc. en cart. 90 c.

Les mêmes, *in-8°.* pap. vélin,　　3 fr. 75 c.

www.ingramcontent.com/pod-product-compliance
Lightning Source LLC
Chambersburg PA
CBHW060437260626
47161CB00005B/1965